KB124427

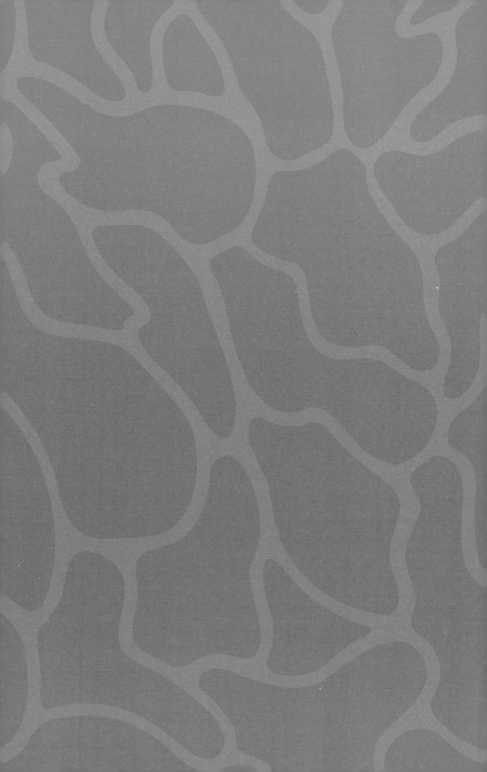

일만 번의 다이빙

일만 번의 다이빙

이송현 장편소설

다선
책방

차례

등장인물

박무원

"물에서 허우적댔는데
대체 왜 다이빙대에 섰지?"

✦

다이빙부의 떠오르는 샛별.
친구들과 달리 우연히 다이빙 선수가 됐다.

권재훈

"눈 깜짝할 사이에
승패가 좌우된다."

✦

남자 다이빙계 에이스.
엘리트 체육인 코스를 밟으며 살아왔다.

나은강

"남들 눈에는
우리가 우아해 보일까?"

여자 다이빙계 유망주. 체형이
바뀌면서 실력이 예전 같지 않다.

김기재

"나는 김밥 준다. 어때?
함께 뛰어볼래?"

다이빙부 코치. 먹을 것으로
아이들을 꾀는 데에 재주가 있다.

구본희

"무원아, 꼭 메달 따.
그래야 연금 나온다."

편의점 알바생. 인생의
목표는 오로지 '돈'이다.

꽃, 피었네

다이빙대 위에 서면 나만 볼 수 있는 세상이 있다. 다이빙 풀을 메우는 새파란 물, 다이빙대를 올려보는 사람들, 천장에서 반짝이는 조명, 그리고 뛰어내리는 순간에 내 눈 안에 담길 낙하 속도와 벽면의 무늬와 관중들의 표정까지. 그 모든 것은 환희와 설렘인 동시에 우려와 공포이기도 했다.

우리는 끊임없이 뛰어내린다. 빗속으로, 눈 속으로, 안개 속으로, 태양 속으로, 하다못해 보이지 않으나 피부로 느껴지는, 존재하는 모든 것들 사이로 몸을 날린다. 뛰어내림으로써 나 자신을 증명하고 후퇴와 성장을 반복하고 있다.

아닌 척하려고 했지만 심장이 입 밖으로 튀어나올 것 같은 기운을 누르기가 쉽지 않았다. 그렇다고 심호흡이라도 크게 했다간 쫄았다느니, 자세가 틀려먹었다느니 하며 선배들이 잔소리할 것 같아서 단전으로 온 힘을 집중했다. 코어근육이 찢어질 듯 저려왔다.

"박풍덩 씨. 자꾸 이러면 너, 재미없다."

기재 코치가 날 보며 활짝 웃고 있었다. 턱 주위에 미세한 경련을 눈치채지 못했다면 기재 코치가 어금니를 물고 내게 경고를 날리고 있다는 사실을 깜빡했을 것이다. 이름 대신 '풍덩'이라고 호명됐다는 건 내가 오늘 훈련의 구멍이란 뜻이다.

'하……. 재미는 이미 오래전에 제 갈 길을 가고 없네요.'

조명을 따로 켜지도 않았는데 기재 코치의 반삭 머리가 눈부셨다. 왼쪽 귀 바로 위에 오륜기를 문신으로 새겨넣은 기재 코치. 다이빙 금메달리스트를 키우겠다는 그 열의를 심장이 아닌 자신의 머리에 남겼다. 역시 국내 최초로 올림픽 결승전에 진출한 1호 국가대표 출신다웠다. 시선을 피했다가는 다이빙대에 올라가기도 전에 얼차려를 받을까 기재 코치의 어깨너머로 시선을 던졌다.

"대답!"

"잘하겠습니다!"

대답은 기똥차게 했지만 솔직히 이번에도 제대로 폼이 나올까 의문투성이다. 살면서 가장 많이 듣던 말이 작년까지는 "건강하게만 자라다오"였다. 그러나 올해 생일을 지나면서 "일직선!"이 그 말을 눌렀다. 물론 호통 앞에는 "머리부터 발끝까지!"라는 전제 조건이 한 세트처럼 붙어 있었다. 컨디션이 좋든 나쁘든 상관없이 내 몸은 늘 자로 잰 듯 일직선이어야만 했다. 그래야 제대로 된 폼이 나오니까.

반듯한 인생을 살겠다고 결심한 적도 없는데 어쩌자고 나는 전신을 일직선으로 꼿꼿이 세워야 하는 삶을 선택하게 되었나? 이제껏 아무 생각 없이 훈련하다가 올해 들어 부쩍 잡생각이 많아졌다. 권재훈은 이런 내 고민을 듣더니 한마디 했다.

"눈 깜짝할 사이에 승패가 좌우돼. 그딴 거 생각할 짬이 있냐?"

역시 다이빙계의 알파고 같은 놈이었다. 오늘도 나보다 먼저 다이빙대에 오르고 먼저 공중으로 솟구치고 먼저 물속으로 수직 낙하했다. 나보다 먼저 움직인 만큼 연습 횟수도 앞서고 있었다. 남보다 한발 먼저 뛰어야 성공한다고 맹신하는 권재훈 말이 틀린 소리는 아니지만, 매번 승패 운운하는 녀석의 말을 듣고 있자면 괜한 서운함과 씁쓸함에 한 대 쥐어박고 싶어졌다.

"점프!"

기재 코치의 호령이 수영장에 쩌렁쩌렁 울렸다. 하나, 두울, 점프! 역시 셋까지 셀 필요도 없이 권재훈은 빠르고 정확한 도약 자세로 공중으로 솟구쳤다. 공중 동작이 완벽에 가까웠다. 아쉬운 것은 입수 동작에서 발끝이 살짝 뒤로 넘어갔다는 점뿐이었다. 일반인이 보기에는 별 차이 없겠지만 우리에게 그 '살짝'은 승패를 좌우하는 전부였다. 이런 미세한 차이가 물보라의 크기를 좌우했으니까. 물보라 없이 깔끔하게 수면을 찢고 입수하는 것. 그게 바로 다이빙 선수의 사명이었다.

노 스플래시, 립 엔트리는 우리가 살아가는 이유요, 목표였다.

찰싹.

"앗, 따가워……요."

기재 코치는 손버릇이 별로다. 선수에게 자신의 좋은 에너지를 나눠주는 것이라고 하는데 내가 보기엔 그냥 손버릇이 나쁘거나 변태이거나, 아니면 둘 다여도 상관없을 듯했다. 오죽하면 별명이 뚜껑일까. 정확한 명칭은 솥뚜껑이다. 누구나 예측 가능한, 솥뚜껑만 한 손이란 의미인데 아이들은 그냥 뚜껑이라고 불렀다. 응원한다고 찰싹, 정신 차리라고 철썩. 이렇게 맞으나 저렇게 맞으나 묘하게 사람 뚜껑 열리게 만든다는 중의적인 의미도 내포하고 있었다.

"꽃 피었네. 엉덩이에 꽃 달고 다니지 말고 올림픽 가서 금메달 따고 축하 꽃다발 받아."

이제는 하다못해 내 수영복을 갖고 태클인 건가? 자신의 입수 동작에 화가 났는지 물 밖으로 나오는 권재훈의 표정이

영 아니올시다였다. 화를 참으려고 입 안에서 제 살을 잘근잘근 씹는지 녀석의 오른쪽 뺨이 일그러졌다. 아마 화를 식히지 못하면 살이 떨어져 나갈 때까지 저러고 있겠지.

물보라가 만든 파장은 순간인 듯하지만 우리 마음에 남은 파장은 영원히 지워지지 않는 상흔이 되었다. 오죽하면 나는 나무의 나이테도 질색이었다. 나이테의 모양새가 입수를 실수했을 때 수면 위 파장과 비슷한 꼴이어서 말이다.

3미터 스프링보드 위로 천천히 올라섰다. 나는 심호흡을 크게 하지 않는다. 마음을 가라앉히는 데에 심호흡이 도움된다고 생각하지도 않을뿐더러 그 작은 흔들림조차 내 동작에 눈곱만큼의 영향이라도 끼칠까 봐 걱정됐기 때문이다.

'하나, 두울……'

느리지만 진중하게, 한 걸음 옮길 때마다 내 혼을 갈아 넣었다.

'셋, 점프!'

두울, 박자에서 공중 동작 시뮬레이션을 머릿속으로 빠르게 훑어내렸다. 두 팔을 머리 위로 뻗고 숨을 멈췄다. 몸이 단단해질수록 심장이 오그라들었다. 모든 것은 찰나였다. 몸을 구부리고 펴고 뒤틀고 입수. 머리가 수면과 마주하는 순간, 발끝을 떠올렸다. 경련이 일어날 정도로 발끝에 온 신경을 몰아주었다.

사방이 고요했다. 전신을 감싸는 물의 흐름에 나른해지는 기분이었다. 가능하다면 영원히 물속에서 가만히 앉아 있고 싶었다. 하지만 올림픽에서 메달을 따기 전까지 이런 사치는 상상으로 만족해야만 했다.

"어허, 박무원! 물장구 그만 치고 나오너라."

감독님이었다. 빨리 떨어지고 빨리 헤엄쳐 나와 빨리 다시 다이빙대 위에 서는 길만이 올림픽으로 가는 지름길이라는 게 감독님의 지론이었다.

물속은 따뜻했고 늘 봄 같았다. 물 위로 올라가기 전, 시선을 내려 수영복을 보았다. 물 밖에서는 요란스럽게 느껴지던 꽃무늬가 물속에서는 다정한 봄꽃 같아 보였다.

참새가 방앗간을 못 지나간다는 속담은 선조들이 날 위해 미리 만들어놓은 것이 아닐까. 금요일 야간 훈련을 마친 날이면 집에 들어가기 전에 꼭 들르는 곳이 있다. 동네에서 가장 후미진 골목에 있는 편의점이었다. 남들보다 시작이 늦은 내가 할 수 있는 최선은 개인 훈련이라도 더 하는 방법뿐이었다. 편의점 가는 맛에 개인 훈련을 멈출 수 없는 것도 이유였다.

동네 사람들은 이 편의점을 '기적의 편의점'이라고 불렀다. 이런 별칭을 갖게 된 이유는 여러 가지인데 딱 두 가지만 꼽는다면, 무슨 업종을 해도 망해서 나가던 가게 터에서 전국 매출 3위의 위업을 달성했다는 점, 그리고 기적의 편의점에는 더 기적 같은 알바생이 있다는 점이다.

"그거 비싸. 먹지 마."

기적의 알바생, 구본희는 편의점에 방문한 모든 고객에게 사사건건 참견했다. 손님이 알아서 제품을 고르는 꼴을 못 보겠다는 심보인 게 확실했다. 참견하는 이유는 거의 동일했다. 그 제품은 비싸다는 것. 그러니 가성비를 따져서 다른 걸 골라주는 경우가 부지기수였다. 간혹 '네가 뭔데 이래라저래라냐! 나, 돈 있다!'라며 발끈하는 손님도 있었지만 대부분은 기적의 알바생에게 홀랑 넘어가기 일쑤였다.

근육통을 달고서 주 5일을 버텼다. 주말을 앞둔 즐거움 중 하나가 편의점에서 이것저것 구경하면서 먹는 거였다.

"무슨 상관? 내 돈 주고 사 먹는데 왜 이러는 거야?"

"넌 그 자세가 틀렸어."

아, 진짜 기분 나쁜 말이다. 이젠 구본희에게까지 잔소리를 들어야 하는 신세로 전락했단 말인가. 내 자세는 늘 틀렸다는 지적질뿐이었다. 사방팔방에서 똑같은 소리를 하는 통에 놀랍지도 않다.

"먹지 말라니까."

소불고기 도시락도 내 돈 주고 못 사 먹는 팔자라면 더 살아볼 필요도 없는 인생이다. 우유크림빵을 손가락으로 찔러보지도 못한다면 내 영혼이 크림처럼 부드러울 것이라고 상상하는 일 따위는 기대하지도 말아야 했다.

나는 구본희를 무시하고 도시락으로 손을 뻗었다. 하지만 구본희가 빨랐다. 고1 때까지 먹고살기 위해 육상부였다고 하더니 뻥이 아니었나 보다. 소불고기 도시락을 움켜쥔 내 손목을 거세게 거머쥔 구본희의 악력에 깜짝 놀랐다. 육상부가 아니라 복싱이나 역도 같은 힘 꽤나 쓰는 종목을 하지 않았을까 의구심이 들었다.

"오, 사, 삼, 이……."

"뭐 하는 거야?"

휴대폰을 들여다보던 구본희가 "땡" 하는 소리와 함께 내 손목을 풀어줬다.

"먹어, 공짜야. 유효기간 지났다. 대신 고맙다고 정중히 인사해. 내 몫을 주는 거니까."

구본희는 생색내는 것을 즐기는 알바생이었다. 우리 동네에는 크고 작은 편의점이 몰려 있어서 경쟁이 어마무시할 것 같지만 구본희가 일하는 곳이 압도적으로 매출 신기록을 올리는 중이다. 공식적인 매출액을 내 눈으로 확인할 순 없어서 구본희가 자기네 매장이 전국 매출 5위 안이라고 했을 때 대놓고 코웃음을 날려줬다. 그런데 전국 매출 3위를 찍고 본사에서 편의점주 부부를 태국으로 여행 보내줬다는 소문이 돌고 나서부터 나는 구본희의 영업 실력을 인정하기로 했다.

우리 동네에서 자영업을 하는 사람들에게 구본희란 이름 석 자는 세일즈의 보배를 상징했다. 다양한 직종에서 스카우트 제의가 들어왔지만 구본희는 골목 안 편의점을 버리지 않았다. 생각보다 의리 있는 캐릭터인가 보다, 라고 생각한다면 그건 순진한 오판이다. 구본희는 돈에 의해 움직이고 생각하는 존재다.

"야, 박무원. 너, 내가 잘해주는 이유, 알지?"

"어어, 알아! 뇌에 문신처럼 새겨졌다고. 그만 좀 물어봐."

구본희가 눈썹을 꿈틀거렸다. 눈썹을 저런 식으로 움직이는 건 경고의 의미다. 조심해야 한다. 반말도 이제는 멈춰야 할 때다. 나는 소불고기 도시락을 가슴팍으로 끌어안고 구본희가 원하는 대답을 해줬다.

"금메달 따서 연금 나오면 크게 한턱 쏩니다. 인터뷰 때 반드시 누나 이름도 꼭 말해주고."

사실 인터뷰에서 왜 구본희를 언급해야 하는지 몰랐다. 그러나 구본희가 자신의 빅 픽처를 알려주는 순간, 나는 '이 누나는 내 적수가 아니구나' 탄복하고 말았다. 금메달 유명세를 이용해서 자신의 유튜브, 미래의 사업 홍보 수단으로 삼겠다는 것이었다.

"소불고기 도시락 이번에 가격 올랐어. 돈 아껴. 이런 건 내가 챙겨줄 수 있으니까."

은근히 다정한 말이었다. 도시락 뚜껑을 열었다. 시간이 지나서 폐기해야 한다지만 냄새가 끝내줬다. 1초 차이로 상품이냐, 폐기물이냐 판가름이 난다. 마치 다이빙대에서 발을 떼는 순간 성공이냐, 실패냐 갈라지는 다이빙 선수들의 처지와 같이 말이다.

볼이 미어지도록 소불고기를 한가득 밀어 넣었다. 달콤하고 짭조름한 양념이 딱 내 취향이었다.

"너, 이 빤쓰 뭐니?"

가방 지퍼가 열린 틈으로 수영복이 보였나 보다. 구본희가 내 옆으로 딸기우유 하나를 쓱 밀어줬다. 딸기우유는 내 입맛에 맞지 않는다고 그렇게 말했건만 구본희는 듣는 척도 안 했다. 오히려 서비스는 주는 대로 먹는 거라며 까다롭고 유난스럽다고 내 흉을 봤다.

"수영복 처음 봐?"

"이렇게 눈 튀어나오게 현란한 남자 수영복은 처음이야."

구본희가 파리채로 수영복을 걸어 들었다. 내 수영복이 파리도 아닌데 이런 취급은 불쾌했다.

"뭐하는 거야? 남의 경건한 경기복에!"

"너, 꽃돌이구나."

"아무것도 모르면 가만히 있어, 누나는."

수영복에 얽힌 사연도 모르면서 구본희는 수영복이 야하다느니, 남세스럽다느니 수선을 피웠다. 시대가 어느 때인데 '남자가 꽃무늬' 같은 소리를 하냐고 소리를 지르려다 말았다.

항상 무채색 수영복만 입던 나와 확실히 어울리지 않는 화려한 수영복이었다. 하지만 내 눈과 손에 익숙하지 않다고 해서 거부할 생각은 없었다. 무엇이든 처음은 어색하고 불편하기 나름이다. 수영을 하던 내가 다이빙으로 종목을 바꿨을 때만 떠올려 봐도 그렇다.

"이거 입고 꽃길만 걸을 거야."

도시락을 싹 비웠다. 밥풀 하나 남김없이 먹어치웠다. 그리고 딸기우유를 숨 한번 쉬지 않고 마셨다.

입 안에서 딸기향이 사라질 때쯤 나은강이 떠올랐다. 딸기향 샴푸를 사용하는 나은강은 딸기보다는 전투기 같은 애였다. 여자 다이빙계의 유망주로 이름을 날리는 나은강은 뭐든 빨랐다. 빨리 배우고 익히고 무엇보다 다이빙대에서 누구보다 빠르고 정확하게 뛰어내렸다. 우리는 나은강이 다이빙대에 올라서면 우러러보며 하나같이 입을 모아 외쳤다.

"전투기 출격!"

짓궂은 남자애들은 나은강이 뛰어내릴 때 "피슉" 하면서 전투기 소리를 흉내 내기도 했다. 무리에 섞여 나도 몇 번 그

소리를 따라 했다. 도약이 아닌 추락을 연습하는 우리는 덩달 아 가라앉는 기분을 일으키려고 안간힘을 썼다. 선수들 사이에 암묵적인 약속이었다. 그렇지 않으면 몸도, 마음도 힘들어진다는 걸 다들 뻔히 알았으니까.

그런 나은강이 사흘째 훈련장에 나타나지 않았다. 누구와도 잘 어울리던 나은강이었는데 정작 나은강이 왜 훈련장에 나오지 않는지 아는 사람이 없었다. 뚜껑이 날아올 게 뻔해서 기재 코치에게는 물어볼 엄두를 내지 못했고, 감독님은 내 앞가림이나 하라면서 쓸데없는 질문을 했다고 지상 훈련으로 내게 지옥문을 열어줄 것이다.

"누나, 나 가요. 문 잘 닫고 있어."

편의점을 나서며 구본희에게 신신당부했다. 저 누나는 왜 야간 알바까지 나서서 하는 걸까? 위험할 텐데 말이다.

"박무원, 너 바보구나? 편의점에서 문을 잘 닫고 있으면 어떡하냐? 활짝 열어놔야 손님이 몰려들지. 쯧쯧."

밤이 깊었다. 나은강에게 문자도, 카톡도 보내봤지만 거들떠보지도 않은 모양이었다. 내 휴대폰은 밤의 어둠에 잘 스며들었다. 사방이 조용했다. LED로 바뀐 가로등 불빛이 너무 밝아서 담벼락을 넘어온 나뭇가지가 만든 그림자들이 뿜어내는 낭만을 망치고 있었다.

"봄 온다고 꽃 수영복이라더니 너는 봄꽃 보러도 안 나올 거냐?"

걸음을 멈추고 휴대폰 화면을 노려봤다. '읽씹'하는 나은강이 얄미워지려고 했다. 나는 작은 일이라도 미주알고주알 나은강에게 말했건만 앤 증발하듯 사라진 것 같아 섭섭했다.

'박무원. 봄 온다. 꽃 수영복 입고 꽃길만 걸어, 꼭.'

매년 생일이면 무심하게 선물 꾸러미를 툭 던져주던 애가 이번에는 닭살 돋는 손 편지와 함께 현란한 꽃무늬 수영복을 선물했다. 이름 모를 꽃이었다. 알지도 못하는 꽃이었다. 내가 아는 건 선물받은 수영복을 입지 않고 훈련장에 나왔다가 나은강에게 욕을 먹느니 입고 나가준다, 였다. 그런데 정작 나은강은 내가 꽃무늬 수영복 입은 모습을 보지 못했다.

뉴스에서 연일 이상기온이라며 때늦은 벚꽃을 반겼다. 오래 볼 수 있다는 기쁨 때문일까?

내일이면 나은강이 훈련장에 나오지 않은 지 나흘째가 된다. 꽃길은 혼자보다 둘, 둘보다 여럿이 함께 걸어야 신난다는 것을 나은강은 모르나?

어둠을 보고 들어갔는데 어둠을 보며 나왔다. 또래 다이빙 선수들보다 출발이 늦은 나로서는 선택지가 많지 않았다. 그저 어둠을 보고 하루를 시작하고 어둠을 등지고 연습을 마무리하는 수밖에는.

밤의 어둠과 동트기 전 어둠의 차이점은 무엇일까? 비몽사몽 새벽 훈련에 나올 때는 잠을 깨려고 매번 어둠의 정의를 내리고 차이점을 스스로에게 질문했다. 답은 늘 찾지 못했다. 너무 졸려서 뇌가 도통 일할 생각을 하지 않기 때문이었다. 결국 찬물에 몸을 의탁해야 육체도, 정신도 말짱해진다.

오늘은 유난히 몸도, 마음도 무거웠다. 간밤에 먹은 소불고기 도시락이 아직도 소화되지 않은 느낌이었다. 트림하자, 딸기향이 올라왔다. 주말이라고 좋아했는데, 집에서 늘어지게 잠을 자려고 했던 계획이 특훈으로 물거품이 될 줄이야.

코앞으로 다가온 국대 선발전 때문에 주말 특훈은 필수였다. 천재가 아닌 내가 선택할 수 있는 건 남들보다 빨리 훈련장에 나와서 먼저 몸을 풀고 한 번이라도 더 뛰는 것이지만 주말 아침잠을 떨치기란 너무나 아쉬웠다. 게다가 3미터가 주종목인 나에게 10미터도 뛰라는 감독님의 지시는 그야말로 마른하늘에 날벼락이었다.

"미치겠네."

혼잣말이었는데 기재 코치가 고개를 홱 돌려 나를 쳐다보았다.

"짜식이, 미치긴 뭘 미쳐. 운 좋은 줄 알아. 기숙사 보수공사만 아니면 24시간 내내 특훈이었어, 너희."

기재 코치는 다이빙 코치가 아니었다면 보청기 연구원이

되고도 남을 사람이었다. 귀가 얼마나 밝은지 별의별 소리를
다 들었다.

"박무원. 뛰어내리기도 전에 미치지 마. 10미터야, 정신 똑
바로 차려."

"잘하겠습니다!"

감독님 영향으로 훈련장 안에서 모든 대답은 '잘하겠다'로
통일되었다. 때때로 내가 대답을 해놓고도 '뭘 잘하겠다는 거
지?' 하고 반문할 때도 있었다. 물론 그 반문을 입 밖으로 내놓
은 적은 없었다.

다이빙을 위해 10미터 플랫폼으로 올라가는 길은 내게 늘
버거웠다. 나는 권재훈이나 나은강과 달리 어쩌다 보니, 갈팡
질팡하다 보니 플랫폼에 엉거주춤 서 있게 된 사람이라고 봐
도 무관했다. 잘해서 스프링보드와 플랫폼을 넘나들며 다이빙
을 한다고 생각하지 않았다.

단단한 다이빙대가 든든하게 몸을 지지해 준다고 하지만
10미터 플랫폼에서 뛰어내리려면 높이에 대한 공포와 싸워야
만 했고, 흔들리는 다이빙대를 이용하는 3미터 스프링보드에
서는 흐트러지는 균형감을 붙들어야만 했다. 쉽지 않은 스포
츠였고 선수층은 인기 스포츠만큼 두텁지 않았다. 그러니까
다이빙 선수인 나와 친구들은 일당백을 해내야만 했다.

3미터 위에 서는 것과 10미터 위에 서는 것은 체감이 확실

히 달랐다. 차마고도와 에베레스트의 차이라고 설명하면 되려나. 해발 4000미터가 넘는 험준한 길과 눈 덮인 5000미터 이상의 설산, 아찔한 협곡을 넘어가면 차와 말 이외에 다양한 물품 교류가 이뤄지는 차마고도는 고행 끝에 맛볼 수 있는 선명한 보상이 존재했다. 그러나 8000미터가 넘어가는 에베레스트 정상에서 내가 얻을 수 있는 것은 무엇일까. 그냥 개고생일까? 세계의 어머니라느니, 하늘의 바다라느니 하는 허무맹랑한 별칭을 가진 산을 정복했다고 한들 내가 얻을 수 있는 것이 무엇인지 선뜻 다가오지 않았다.

한 계단, 한 계단 올라갈수록 호흡이 느려졌다. 반면에 심박수는 점점 가파르게 빨라졌다. 10미터 목적지에 도달했다. 설 때마다 전신에 소름이 끼쳤다. 플랫폼 끝을 향해 한 걸음 내디뎠다. 발끝에 힘을 줘야지, 수백 번 속으로 외치지만 나는 안다. 플랫폼 끝자락으로 갈수록 발끝에 힘이 풀릴 것이라는 사실을. 오히려 스프링보드에 올라서는 순간에 발걸음이 더 단단해졌다.

나만의 루틴을 반복적으로 중얼거렸다.

"가볍게, 가볍게……."

허벅지 옆을 손바닥으로 한 번씩 치고 열 손가락을 힘주어 쫙 편 다음 플랫폼 끝까지 일정한 박자로 걸어갔다. 드디어 끝이었다.

"고개 들어, 박무원!"

습관이었다. 마지막 순간, 뛰기 직전에 다이빙풀을 내려다보는 것은. 적어도 내가 떨어질 곳을 확인하고 싶었다. 10미터 위의 세상은 넓었고 내가 떨어질 세상은 한없이 좁아 보였다.

"고개 들라고!"

기재 코치의 악다구니가 귓가에 꽂히는 것과 동시에 몸을 날렸다. 공기가 차가운지, 허공을 가르는 기분이 어떤지 느끼기도 전에 나는 빠르게 하강했다.

'무조건 빠르게 움직여. 그게 최선이야.'

실력이 좀처럼 늘지 않아서 허둥대던 나에게 나은강이 비법이라며 알려준 것이었다. 다이빙하는 애들이라면 누구나 다 아는 평범한 비법이었다.

머리로 동작을 계산하지 않아도 근육이 모든 것을 기억해냈다. 입수 동작만 빼고서. 수면과 맞닥뜨리는데 잘못되었구나, 하는 것을 손끝으로 바로 알았다.

'젠장, 폭망이다.'

손끝에 물이 닿자마자 불이 붙는 느낌이 팔꿈치까지 파고들었다. 전신으로 전기가 흐르는 듯했다. 팔꿈치로 치고 들어온 통증은 어깨까지 경직되게 만들었다. 물귀신이 아니라 불귀신이 나를 물속으로 끌어안고 들어가는 느낌이었다. 차가운 수온이 느껴지지 않을 만큼 몸이 찌릿하게 뜨거웠다.

푸른 물 위로 몸이 붕 떠올랐다. 풀 가장자리에서 기재 코치가 고래고래 소리를 질렀지만 아무것도 들리지 않았다.

"어머, 미쳤나 봐. 너, 꼴이 그게 다 뭐야?"

어쩌면 나는 엄마의 이런 반응을 기대했는지도 몰랐다. 하지만 엄마는 나에게 시선을 잠시 주더니 안방으로 들어가 약 상자를 꺼내 들고 나왔다. 잘못 떨어지는 바람에 전신에 피멍이 들기 시작했다. 냉장고에서 물병을 꺼내 냉수를 들이켰다. 엄마가 식탁 앞에 앉더니 간단명료하게 말했다.

"손 내."

초등학교 1학년 때는 손 내라는 말을 엄청 무서워했다. 받아쓰기 점수가 별로면 엄마는 다짜고짜 손을 내라고 했다. 그러면 작은 자나 파리채로 손바닥을 때렸다. 정신 차리라면서 말이다. 이제 집에는 작은 자도, 파리채도 없다. 자는 쓸 일이 없어서 사라졌을 테고 전기 모기 채가 있으니 파리채는 구시대의 유물이 되어 행방불명된 지 오래였다.

손을 쑥 내밀었다.

"병원 안 가도 되겠어?"

"응."

멍이 피어오른 손목과 팔을 보더니 엄마가 작게 한숨을 쉬었다. 저 한숨의 의미는 무엇일까? 실망일까, 걱정일까? 궁금했지만 묻지 않았다.

내가 다이빙 기술을 연마하면 할수록 엄마는 테이핑 기술을 습득했다. 웬만한 부상에 엄마는 테이프만 두르면 된다고 맹신하는 사람처럼 굴었다. 엄마가 손목에 테이핑을 하기 시작했다. 시퍼런 멍 자국이 테이프에 가려졌다. 뭔가 부끄러운 흔적을 숨기는 것 같은 기분이 들었다.

다이빙 훈련을 하다가 처음 멍 자국으로 몸이 엉망이 되었을 때 엄마는 비명을 지르고 울었다. 아무 말도 못하고서 홀쩍거렸다. 엄마가 어린애처럼 홀쩍거릴 수 있다는 사실에 조금 놀랐다. 그 후, 내 멍 자국에 익숙해질 무렵부터는 "미쳤나 봐, 꼴이 그게 뭐야?"라고 악을 썼다. 좀 더 인간적인 반응이라는 생각이 들었다. 내 멋대로 한 해석이지만 아들에 대한 걱정과 호통과 응원이 오묘한 방법으로 뒤섞인 반응이라고 정의 내렸다.

지금은 모르겠다. 엄마는 말없이 멍 자국을 테이프 안으로 꾸역꾸역 밀어 넣기에 바빴다. 다이빙 선수 생활 5년 차에 이런 멍은 훈장이 아니라 망신살의 증거인 게 분명했다.

"그만해요. 답답해."

"그러기에 누가 이렇게 부상당해서 집에 오래? 정신 똑바로 차리고 제대로 뛰었어야지."

엄마는 하루에도 수없이 솟구쳤다가 곤두박질치는 인생에

대해서 어떻게 생각하고 있을까. 완벽히 이해는 하고 있으려나. 나는 냉수를 한 사발 더 마시고 엄마를 뿌리쳤다.

"어디 가?"

"웨이트 하러."

"밥은?"

슬리퍼를 신고 현관문을 나섰다. 아무것도 대답해 줄 수 없었다. 입만 열면 거짓말을 메들리로 쏟아낼 것 같았으니까. 웨이트는 뻥이었다. 이 몸을 하고 뒷산에 갔다가는 시선만 끌게 분명했다. 전신에 꽃이 피었다. 피멍이 얼룩덜룩한 게 피부는 물론이고 심장에도 얼룩이 생겼을 것이다. 자존심의 문제였다. 기술을 습득하지 못했다는 내 부족함의 증거였으니까.

나는 슬리퍼를 끌고 지구 끝까지 천천히 걸어갈 기세로 느리게, 아주 느리게 움직였다. 다이빙을 하기 전에 나는 늘 운동화 끈을 꼼꼼히 묶던 아이였다. 수영장에 다니면서, 다이빙을 하면서, 내 발은 끈이 단단히 묶인 운동화 대신 발가락이 훤히 보이는 슬리퍼와 함께했다. 사방팔방으로 바람이 불었다. 발에 힘을 꽉 주자 발가락 사이사이로 봄바람이 속살거렸다. 간지러운 느낌에 픽 하고 바람 빠지는 소리를 내며 웃고 말았다.

기적의 편의점에서는 오늘도 기적의 알바생이 손님들에게 뭔가를 설명하고 있었다. 편의점을 지나 횡단보도를 건너 세

블록이 넘게 걸었다. 사람들의 시선이 내게 향하면 후드를 푹 눌러썼다. 눈앞에 오래된 아파트 단지가 보였다. 단지 안에는 고목들이 즐비했다. 고층 아파트만 아니었다면 수목원으로 착각할 만큼 나무가 많은 곳이었다.

'나은강, 그만둔다고 했다는데?'

권재훈이 해준 말에 나는 충격을 받았다. 녀석도 아는 사실을 나는 왜 모르고 있었던 건데! 나는 고개를 숙이고 나은강이 건넸던 꽃무늬 수영복과 멍이 서서히 올라오기 시작한 손목을 넋 놓고 바라보았다.

나은강 집은 18층이었다. 매일 단 하루도 거르지 않고 18층을 삼세번 오르내린다는 이야기를 했었다.

읽씹을 하니 직접 얼굴을 보고 물을 수밖에 없었다.

'고개 들어! 동작은 빠르고 정확하게!'

기재 코치의 가르침이 일상에서도 통하는 순간이었다. 초인종을 눌렀다. 인터폰에선 아무런 소리도 들리지 않았다. 다시 초인종을 누르려는데 문이 열렸다. 나와 똑같은 삼선 슬리퍼를 신은 발이 눈에 들어왔다. 고개를 들었다. 나은강이었다.

길을 걸어오는 동안 손목에 감아놓은 붕대를 풀어버렸다. 나는 노랗고 붉고 푸른 멍 자국이 가득한 손을 나은강 앞에 내밀었다. 내 꼴을 본 나은강이 한숨처럼 내뱉었다.

"꽃, 피었네."

나은강은 웃지 않았다. 부상을 당해도 아무것도 아니라는 듯 웃던 나은강은 없었다. 차라리 웃지. 그래도 괜찮은데…….

"산책 갈래? 봄이야. 꽃, 폈어."

"그렇다고 그 꼴을 하고 나오냐."

나은강의 시선이 붉게 물든 내 손목에 머물렀다. 나는 아무것도 아니라는 듯 손목을 등 뒤로 숨겼다.

"내 수영복에 핀 꽃 말고 진짜 꽃 봐야지."

그제야 나은강이 웃었다. 뭘 상상하든 오늘은 상관없었다.

간식의 기술

물장구를 좋아할 때부터 알아봤다는데, 아빠는 내게서 뭘 알아봤다는 것일까. 어디서부터 일이 시작된 것인지 곰곰이 생각해 봤다.

"개구리가 되고 싶어."

이게 발단이었다. 다소 엉뚱한 꿈을 입 밖으로 내뱉은 순간부터 내 운명은 정해진 것이다. 부모님이 포유류라 양서류로 탈바꿈하기란 불가능했다. 그러나 우리 부모님은 자식인 내게 불가능이 무엇인지 가르치고 싶지 않았던 사람들이었을까. 양서류로 탈바꿈이 불가능하다면 양서류를 능가할 꿈나무로 키우고자 결심했던 것 같다.

건강하게만 자라다오! 부모님 말씀대로 어린이 스포츠단에 입단했다. 커서 뭐가 될 거냐는 어른들의 물음에 나는 너무 솔직했다. 내 대답은 언제나 같았다.

"개구리가 되고 싶어요. 수영 엄청 잘하잖아."

물에서 노는 동물이 그토록 많은데, 돌고래나 범고래 같은 큰물에서 노는 종도 있는데 왜 하필 나는 양서류를 택했던가! 다섯 살 수준에서 가장 만만하게 보였던 상대가 개구리였다.

같이 스포츠단에 입단한 친구들이 부력판에서 벗어나 풍차 돌리기를 하고, 그중에 뛰어난 친구들은 배영으로 넘어갈 동안, 나는 자유형 발차기 동작에서 헤매며 인생의 고비를 넘고 있었다. 어린 마음에 나는 남들보다 뒤처지고 있다는 현실을 받아들이기가 힘겨웠다. 수영장 물을 마실 만큼 마셨다는 확신이 들었을 때 나는 자유형 팔과 다리 동작을 합칠 수 있는 어린이가 되었다.

애당초 내게 대단한 운동 신경을 기대하지 않았던 아빠는 말 그대로 건강하면 됐다, 라는 말만 했다. 미숙아로 태어나 인큐베이터 신세를 졌던 내가 스포츠단 셔틀버스를 놓치지 않고 제때 타고 다니는 것만으로도 아빠는 흡족했던 것이다.

"나는 코피 나도 개구리가 될 거야."

내 능력을 넘어서는 연습을 했던 기억이 없었지만 나는 수영을 배우면서 코피를 쏟았다. 엄마는 기함했고 아빠는 굳은 표정으로 수영을 그만둘 것을 권유했다. 잔병치레를 달고 살던 내게 개구리가 될 정도의 수영 강습은 필요하지 않았다. 그러나 나의 투지는 부모님의 걱정에 비할 바가 아니었나 보다. 육체적으로 미숙하게 태어난 나에게 주어진 것이 있다면 그건 똥고집에 가까운 투지였다.

결국 개구리의 꿈에서 출발한 나의 투지는 스포츠단 수영 반에서 평영을 제일 잘하는 어린이를 탄생시켰다. 아빠는 욕 조에 물 받아놓고 날 데리고 목욕할 때를 회상하면 내가 이렇 게 될 줄 알았다고, 다 알아봤다고 했는데 대체 그 어린 나에 게서 무엇을 알아봤다는 것인지 모르겠다.

건강하게 자라라는 목적 하나로 꾸준히 한 수영이 마음에 들었다. 각종 대회에 나가 입상도 하면서 물에서 즐거운 유년 을 보냈다. 그러나 고학년이 되면서 수영 성적이 나아지지 않 았다. 열두 살, 사춘기란 직격탄을 제대로 때려 맞은 나는 미 처 충격에 대한 방어막을 장착하기도 전에 꿈에 대한 첫 좌절 감에 흔들려야 했다. 어쩌면 수영선수로 성공할 수도 있겠다 는 목표가 꺾였다. 즐거웠는데……. 이제는 물 밖으로 나가야 만 하는 걸까?

나는 물 밖의 세상에서 꿈을 꾼다는 것이 두려웠다. 물 밖 으로 나간다는 건 나 자신을 포기한다는 것과 동일시되었다. 누가 시키지 않아도 동네 수영장에서 끊임없이 발버둥을 쳤 다. 그러던 참에 수영장에서 기재 코치를 만난 건 지금도 기적 인지 행운인지 알쏭달쏭할 뿐이다. 그건 명백한 유혹이었다.

더군다나 물에서 나가지 않아도 된다는 말에 넋을 놓았다.

"나는 김밥 준다. 어때? 함께 뛰어볼래?"

"김밥……이요?"

내가 할 수 있는 말의 전부였다. 기재 코치는 예나 지금이나 한결같았다. 스포츠의 힘은 어디에서부터 기인하는가. 간식이다. 나의 주 종목인 평영에서 제대로 힘을 못 쓰고 넋 놓고 있던 틈을 타 기재 코치는 내 옆에 슬쩍 다가와 앉았다.

"내가 꼬마김밥을 엄청 잘 말아. 우리 친구랑 같이 먹고 싶네, 갑자기."

"아저씨…… 누구세요?"

어릴 적부터 부모님이 내게 내린 가르침이 하나 있다면 그건 바로 아무나 따라가지 말고, 아무나가 주는 음식은 덥석 받아먹지 말라는 것이었다. 기재 코치는 내게 아무나였다.

"너, 마약김밥이라고 알아?"

"마, 마약이요?"

"놀라긴. 꼬마김밥이랑 같은 거야."

광장시장에서 아빠랑 사 먹었던 꼬마김밥과 기재 코치의 입에서 흘러나온 마약김밥 사이에는 괴리감이 존재했다. 눈앞의 젊은 남자가 권하는 김밥은 무언가 나를 수렁으로 빠뜨리려는 것처럼 느껴졌다.

'똥은 무서워서 피하는 게 아니다. 더러워서 피하는 것이다.'

머릿속을 빠르게 스치는 생각을 부여잡고 자리에서 벌떡 일어섰다. 표 나지 않게 도망치려는 순간 기재 코치가 나에게 건넨 말은 그가 앞으로 내게 건넬 김밥을 운명처럼 받아들게 만들었다.

"아까 스타트할 때 물속으로 뛰어드는 폼이 정말 멋지더라. 내가 본 최고의 다이빙 폼이었다."

최고, 다이빙, 폼. 하루 종일 물속에서 헤엄쳐도 듣지 못한 단어들이었다. 휴식 시간이 끝났음을 알리는 호루라기 소리가 수영장 안에 울렸다. 기재 코치는 수영장 한구석에 앉아 아이들이 수영하는 모습을 한참이나 바라보다가 사라졌다. 기재 코치와 첫 만남은 그게 전부였다.

열흘 뒤, 기재 코치를 다시 만난 건 수영장 밖에서였다. 따로 약속한 적도 없었는데 오후 훈련을 마치고 건물 밖으로 나오는 내 옆으로 다가와 섰다. 나와 발걸음을 맞추고 걷는 사람이 있다는 것을 감지하고 고개를 돌리자 기재 코치가 활짝 웃으며 내게 파란 도시락 통을 내밀었다.

"내가 말한 마약김밥."

"먹겠다고 한 적 없었는데……."

"그랬지. 그런데 이걸 꼭 너한테 주고 싶더라고."

설레는 말이었다. 나에게 무언가를 주려고 앞을 가로막지도 않고 옆으로 다가와 나란히 걸어주는 사람이라니. 그가 주는 김밥이라면 먹어도 괜찮지 않을까 하는 생각이 들었다. 기재 코치의 꼬마김밥은 따뜻했고 맛있었다.

"맛이 어때?"

나는 대답하지 않았다. 지금까지도 그때 김밥의 맛이 어땠는지 알려주지 않았다. 기재 코치의 꼬마김밥은 내 심장을 다정하게 노크했다. 그리고 나는 더 이상 기록을 내지 못하는 쓸모없는 아이라는 열패감에서 조금씩 벗어날 수 있었다.

나은강이 돌아왔다. 열흘간의 슬럼프였다. 누구도 나은강에게 무슨 일 있었냐고 묻지 않았다. 간신히 마음을 다잡은 나은강을 헤집어대고 싶지 않아서였다. 나은강이라면 물어도 웃기만 할 뿐 대답해 주지 않을 성격이란 것을 잘 알기 때문이기도 했다.

우리 모두에게 한번은 찾아왔거나 앞으로 찾아올 슬럼프란 놈을 입에 담고 싶지 않아서였을 수도 있다. 열흘 정도는 아무것도 아니라는 듯 지상 훈련을 하러 나온 나은강에게 다들 아무렇지 않게 인사를 건넸다.

"왔어?"

짧지만 수많은 의미가 담긴 말이었다. 왔구나, 올 줄 알았어, 진즉에 올 것이지, 이젠 괜찮은 거니까 왔겠지, 다시는 왔다 갔다 하기 없기다, 등등. 나은강은 웃기만 했다. 예전의 나은강 그대로였다. 웃느라 곱게 휜 눈꼬리가 정겨웠다. 반달이 꼭 저런 모양이었다.

"나은강, 천재라도 게으름은 금물이다."

권재훈답다. 남들이 피하고 넘어가는 것을 보고도 꼭 알은체하면서 콕 집어야 했을까. 한마디만 하고 끝냈으면 좋았을 것을 국가대표 선발전이 코앞이라는 소리까지 해대며 잔소리했다.

"야, 그만 좀……."

매트 위에 앉아서 권재훈 말을 가만히 듣고만 있는 나은강도 문제다. 사납게 쏘아붙이면 좋을 것을 나은강은 말이 없어도 너무 없다. 그날 밤, 때늦은 봄꽃을 보며 푸념을 늘어놓던 나은강은 어디로 사라졌을까?

"박무원. 우리가 뛰어내릴 때 남들 눈에는 어떻게 보일까? 우아해 보이려나?"

아파트 단지를 열 바퀴 정도 돌면서 활짝 핀 벚꽃을 보는 내내 내가 들을 수 있었던 것은 '우아한 공포'에 대한 정의였다. 붙이는 이름은 사람마다 다르겠지만 우리가 갖는 꿈은 공포를 이겨내고 아름다움을 만들어내는 일이었다.

나는 나은강이 고민하는 우아한 공포를 떠올리는 대신 둘이 걸으면서 내는 슬리퍼 끄는 소리를 마음에 담았다. 일정하게 움직이는 발소리를 들으며 나는 나은강이 곧 돌아오겠구나, 하고 확신할 수 있었다.

"그만 떠들고 다들 앉아서 오뚝이, 시작!"

기재 코치가 어느 틈에 나타나 호루라기를 불었다. B형 입수 모방을 시작으로 일요일 지상 훈련이 시작되었다. 오뚝이라고 부르는 B형 입수 모방 훈련은 시간과의 싸움이었다. 양팔을 벌리고 두 다리를 붙이고 앉아 오뚝이처럼 누웠다가 일어서기를 기본 1000개씩 해야만 했다. 1분만 지나도 등줄기가 땀으로 흥건했다. 일정한 속도로 한 치의 흐트러짐 없이 반복되는 동작을 보고 사람들은 "아, 쉽구나" 하겠지만 직접 해보라고 권하고 싶은 마음이다.

엄마가 다이어트를 하겠다고 선언하면서 내게 뱃살 빼는 법을 알려달라고 했던 적이 있었다. B형 입수 모방 동작을 알려줬다가 다음 날 나는 등짝에 엄마의 손금을 문신처럼 새겨야 했다. 배가 아파서 침대에서 일어날 수 없다는 엄마의 분노가 하늘을 찔렀다. 그 어려운 걸 우리는 밥 먹듯이 해야만 했다. 그것도 기본 중의 기본으로 말이다.

"하아, 내 몸이 내 몸 같지 않은 인생이 시작되었스."

혼잣말이었다. 문제는 목소리가 컸다는 데에 있었다. 그리고 기재 코치는 유달리 청력이 발달한 사람이었다.

"박무원, 이노무 짜식. 불평이 많아, 응? 컴 온, 베이비!"

기재 코치의 입에서 '베이비'가 나왔다면 그 뜻은 지옥을 맛보게 해준다는 의미다. 아기, 신생아처럼 아무 생각 없이 코치가 시키는 대로 반복해라. 나는 기재 코치의 아기가 되어 그 앞으로 이동했다.

"시작해. 내가 그만이라고 할 때까지."

호루라기 소리와 함께 암스탠드 자세를 취했다. 백다이브를 위해 연습해야 하는 동작이지만 늘 쉽지 않았다. 허공을 향해 발을 차올리고 물구나무를 섰다. 언제까지 동작을 유지할 수 있을지는 오직 신만이 아실 터. 시작도 하지 않았는데 벌써부터 코어 근육이 반응했다.

"일직선 유지. 다리 넘어가면 지옥 간다, 오늘!"

눈앞에 기재 코치의 발끝이 보였다. 머리로 피가 몰리자 나는 입을 벌려 기재 코치의 발가락을 물어버리고 싶은 심정이었다.

"박무원, 국대 되어야지."

약이 바짝 올랐다. 엉덩이에 힘을 꽉 주었다. 내가 할 수 있는 반항의 전부였다.

"흠, 만개했던 꽃들이 작아졌네?"

하필이면 반바지 안에 꽃무늬 수영복을 입고 나왔다. 여기저기서 웃음소리가 터져 나왔다. 나은강이 언제 돌아올지 몰라서 계속 입고 있었던 것이 화근이었다.

'어휴, 쪽팔려.'

멍들었던 손목이 뻐근했다. 균형을 잃고 다리가 뒤로 넘어 갈 듯이 휘청거렸다.

"박무원, 파이팅!"

나은강이었다. 좀처럼 큰 소리를 내지 않는 나은강이 나를 위해 응원을 하다니……. 같이 꽃구경한 효과가 나타나는군. 어깨에 힘을 주고 자세를 다시 바로잡았다. 나는 쉽게 넘어가는 사람이 아니다. 나는 균형이 뭔지를 보여주는 사람이다.

호흡을 고르고 눈을 감았다. 나무가 되자, 묵묵히 우뚝 제자리를 지키고 서 있는 한결같은 존재가 되자.

나은강의 복귀 파티를 열어주려고 〈늘 푸른 집〉에 왔다. 늘 푸른 물로 뛰어드는 우리와 잘 어울리는 이름의 분식집이기도 했고, 무엇보다 즉석 떡볶이를 다 먹은 후에 주인 할머니가 볶아주는 볶음밥이 예술이었다.

"간식 안 줘요?"

"간식 같은 소리 하네. 지상 훈련이다!"

즉석 떡볶이가 끓는 동안 1인 2역의 연기를 소화해 냈다. 사람이 변해도 너무 변했다. 기재 코치 말이다.

나의 기재 코치 흉내에 맞은편에 앉아 있던 나은강은 아무렇지 않은 척했지만 콧구멍이 씰룩거리는 통에 걸렸다. 얘는 웃기면 웃으면 될 것을 꼭 한 번은 참는 버릇이 있었다. 웃음이 터지면 신체의 모든 부분이 자기 통제에서 벗어나는 게 싫다나 뭐라나. 혹시나 시합 도중에 엉뚱한 것에 꽂혀서 웃게 되는 일이 발생하더라도 웃지 않기 위해서 제 나름의 훈련을 하는 것이다.

"너도 간식 먹고 시작했냐?"

별생각 없이 권재훈에게 물었다.

"그럴 리가. 난 국대 되려고 태어난 사람이야."

권재훈이 단무지 하나를 입에 넣고 우물댔다. 맞는 말이었다. 권재훈은 DNA부터 나와 달랐다. 엘리트 체육인 코스를 밟고 여기까지 왔으니까. 다이빙계에서 '권재훈'은 떠오르는 신성이었다. 아니다. 떠오르는 별이 아니라 처음부터 별로 태어난 애였다.

"간식 때문에 운동을 시작해? 에이, 설마……."

나은강이 끓기 시작한 떡볶이를 국자로 이리저리 휘저었다.

"니들 뭘 모르네. 얼마나 많은 운동선수가 어처구니없는 이유로 그 종목을 선택하고 시작하는지 아냐?"

나는 나은강에게 설마가 얼마나 많은 어린이를 붙잡는지 알려주기로 했다. 내가 아는 지식을 하나씩 꺼냈다. 쇼트트랙 ○○○ 선수는 여름방학 때 너무 더워서 빙상장을 찾았다가 시원해서 시작했고, 야구 ○○○ 선수는 감독님이 크림빵 사준다는 소리에 혹해서 넘어갔고, 양궁 ○○○ 선수는 할아버지가 양궁장에 들렀다 돈까스 먹자는 말에 따라갔다가 활을 잡게 되었다고 했다. 배구계의 간판선수인 ○○○은 회를 사준다는 감독님의 말에 겁 없이 스파이크를 때렸다고 고백했다.

과연 그들에게 자기 종목에 대한 애착과 의지가 있었던가. 더위를 피하려는 의지, 크림빵을 향한 동경, 돈가스와 회에 대한 애착이 있을 뿐이 아니었나 싶다.

내가 아는 중학교 동창만 해도 좋아하는 선배를 따라 근대 5종으로 종목을 바꿨다. 세상에는 설마 했던 일이 계기가 되고 시작이 되는 경우가 생각보다 많았다. '설마'는 어떤 면에서 보면 우연이나 운명과 한끗 차이가 아닐까 싶었다.

"재훈이 넌 다이빙하면서 힘든 적 없었어?"

나은강의 물음에 권재훈이 무표정한 얼굴로 단무지를 씹었다. 저 태도, 나는 안다. 무슨 쓸데없는 소리냐는 의미다. 나쁜 의도가 있지는 않겠지만 권재훈은 무표정한 얼굴 때문에 종종 오해를 사곤 했다. 하긴 남들 눈에 자신이 어떻게 보이든 상관하지 않는 애였으니 애초에 신경 쓰지도 않을 것이다. 세상에는 다이빙과 자신만이 존재한다고 믿는 게 녀석이라고 봐도 무방하니까.

"너, 힘들어서 잠수 탄 거였냐?"

뼈를 때리는 녀석의 반문에 나은강이 입을 꾹 다물었다. 분위기가 묘하게 변해가고 있었다. 나는 뜨거운 떡볶이를 앞에 두고 차갑게 식어가는 분위기를 막아보려고 '아재 개그'를 시도하고 말았다.

"잠수하면 나은강이지. 얘가 잠영으로 100미터 가능하잖아? 맞지, 은강아?"

상황이 더 복잡하게 꼬였다. 이제는 둘이서 나를 빤히 쳐다보았다. 권재훈이 무심한 손길로 앞접시에 떡볶이를 담았다. 나은강에게 주는가 싶었는데 자기 앞에 두고 먹기 시작했다. 냄비에서 어묵 몇 개만 건져낸 나은강은 먹는 둥 마는 둥 했다.

"눈 깜짝할 사이에 승패가 좌우된다."

권재훈답게 지독히 현실적인 멘트였다. 다이빙은 1.8초만에 승부가 갈리는 스포츠다. 다 아는 사실을 왜 갑자기 꺼내는 것인지 의아했다.

"그래서?"

차분한 목소리였지만 뾰로통한 표정 덕에 나은강의 심정이 어떤지 읽어낼 수 있었다.

"그래서는 뭐가 그래서야? 이겨낼 자신 없으면 그만둬."

틀린 것 하나 없는 말이었지만 높낮이 없이 차분하게 제할 말만 하는 권재훈이 오늘따라 밉상이었다. 겨우 마음 추스르고 돌아온 나은강에게 같이 힘내자는 응원 한마디 건네지 못할 건 뭐람? 다이빙대 위에서도, 공중 동작에서도 한 치 오차 없이 프로그램화된 기계처럼 움직이더니, 조언이랍시고 친구에게 인정머리 없는 말을 건네는 권재훈의 심보를 나는 이해하기 어려웠다.

"권재훈, 또, 또! 살벌하게 군다. 나은강, 재훈이 말은 시간이 없다는 거지. 내 몸과 마음의 변화까지 헤아리면서 어르고 달랠 시간이. 빠르게 뛰라는 코치님 말이 진리야. 국대 선발전, 코앞이다."

젓가락질 소리, 물 마시는 소리만 들렸다. 한 테이블에 앉아 한 냄비에 끓고 있는 떡볶이를 먹으면서 먹방 ASMR을 찍는 것도 아닌데 대화가 단절됐다. 잘못한 것도 없는데 둘의 눈치만 보는 나 자신도 한심했다. 불편한 분위기는 정말 사양이다. 갈증도 나지 않는데 괜히 물을 마시다 사레가 들렸다.

"커거컥!"

주인 할머니가 내 등을 두드려주며 서비스 튀김만두 접시를 테이블에 내려놓았다.

"요놈들아. 무원이 숨 막혀 죽겠다. 맛난 것 먹으러 왔으면 신나게 재잘대면서 먹어야지, 제사상이냐?"

역시 단골이라 좋은 점이 이래저래 많았다. 주인 할머니는 우리를 잘 알았다. 내색은 하지 않지만 운동선수라는 것을 알고 종종 서비스도 주고 다른 테이블보다 밥도 곱빼기로 볶아줬다. 이러지 않아도 된다는 내 말에 할머니가 했던 답은 고스란히 내 심장에 저장되어 있다.

'고마우면 나중에 올림픽 가서 금메달 따거든 우리 분식집에 와서 인터뷰해라. 전국 방방곡곡에 가게 소문 좀 나게.'

올림픽은커녕 가슴팍에 태극마크를 달 수나 있을지 모르겠다는 말에 주인 할머니는 내 볼을 꼬집었다. 이미 시작했으니 반은 성공했다고 격려해 줬다. 그러면서 할머니는 분식집을 반평생 했으니 이제 일찍 죽지만 않는다면 재벌이 될 순서만 기다리면 된다고 호기롭게 웃었다. 나는 주인 할머니의 여유로움이 부러웠다.

다이빙대에 서면 조급함에 몸이 떨렸다. 몸에 불필요한 힘이 들어갔고 수없이 연습했던 동작들이 순식간에 날아가 버릴 것 같은 조바심에 나는 늘 마음을 졸였다. 죽지만 않으면 다 해결된다고, 시간이 해결해 줄 것이라는 주인 할머니의 농담 같은 말을 나는 믿고 싶었다.

냄비 가득 밥을 볶았다. 김 가루, 참기름, 볶음김치, 다진 단무지가 전부였는데 꿀맛이었다. 냄비 바닥에 밥알이 눌어붙는 소리가 감미로웠다.

"야! 분위기 싸해도 이건 아니지. 원칙대로 해."

나은강이 제 앞접시에 볶음밥을 덜어가려고 했다. 나는 숟가락으로 나은강 숟가락을 저지했다. 다투는 한이 있어도 볶음밥은 한 냄비에 두고 먹기. 이것이 우리 셋의 약속이었다.

서로 양보하기도 했고 서로 먹겠다고 다투기도 하면서 우리는 십 대의 절반을 지나왔다. 영원히 지켜야 할 원칙이었다.

"알았어. 그래도 오늘은 정확히 삼등분으로 나눠서 먹어. 양보할 기분 아니야."

부아가 난 제 심정을 똑똑히 전하는 나은강이 귀여웠다. 나은강의 제안을 듣고 권재훈이 군말 없이 냄비 볶음밥을 자로 잰 듯 정확히 삼등분으로 나눴다.

"유치하긴. 이래봤자 우리 셋, 내일 또 같은 물속으로 뛰어들어야 하는 거 알지?"

나도 드디어 뼈 때리는 말을 할 줄 아는 열일곱이 되었다. 둘 다 모른 척하며 볶음밥을 씹었다. 내 말을 똑똑히 듣고서도 아닌 척할 뿐이란 것을 알고 있었다.

오늘도 우리는 더치페이였다. 먹은 음식값을 1/N로 나누는 것 역시 우리 셋의 원칙이었다. 한 명이 쏘는 날이 오는 건 셋 중 누군가가 올림픽에서 메달을 따올 경우에 가능한 일이었다. 친구들의 입에 맞난 음식을 넣어주는 날이 오기를 바라는 건 운동하는 모두의 소원이 아닐까.

"간만에 셋이 뭉쳤는데 노래방 갈까?"

미묘하게 틀어진 분위기를 풀어보려고 음치임에도 불구하고 내가 나섰다. 내 노래 실력은 그냥 염불 수준이었다. 나은강은 가만히 있었고 권재훈 역시 제자리에 서서 골목 반대편을 주시했다. 나은강만 가는 길이 달랐다. 여름방학 때 시작한 다던 기숙사 재정비가 앞당겨지지만 않았다면 우리 셋은 가로 등 불빛을 맞으며 함께 기숙사로 향했겠지. 말 한마디 없어도 앞서거니 뒤서거니 하며 조용히 같은 곳을 향해 걷는 시간이 좋았다.

"오늘은 그만 헤어지자. 내일 새벽 운동 나오려면 일찍 가는 게 낫지."

나은강의 나직한 음성에 고개를 끄덕였다. 노래방은 다음에 가자고 일취월장한 노래 실력을 꼭 보여주겠다며 허풍을 떨었다. 나은강을 데려다줄까 하는데 권재훈의 목소리가 날 붙잡았다.

"야, 박무원. 빨리 가자."

녀석답지 않았다. 셋이 뭉치고 나면 나은강이 혼자 간다며 사거리까지 함께 배웅하던 사람이 권재훈이었다. 무엇에 그렇게 심기가 뒤틀렸는지 궁금했다.

"왜 그래?"

"뭐가?"

"나은강한테 뾰족하게 굴잖아. 쟤, 슬럼프 떨치고 온 애야. 우리라도 힘내라고 하면 안 되냐?"

봄꽃을 보겠다고 아파트 단지를 배회하던 날, 나은강은 자기 자신을 혐오했다.

"암흑이야. 다이빙대 위에 처음 섰을 때도 이렇게 앞이 캄캄하지 않았는데……. 나아질 것 같지가 않아. 두 번 다시 못 뛰어내리면 어떡하지?"

신체적으로 뭔가 잘못됐다고 실력이 도무지 늘어날 것 같지 않다는 확신이 들었다며 괴로워하는 나은강에게 나는 어떤 위로도 건네지 못했다. 나에겐 슬럼프조차도 사치였으니까.

감독님은 슬럼프 없는 선수가 어디 있으며 슬럼프 한번 겪지 않고 성장하는 선수는 없다고 했지만 그 슬럼프와 맞닥뜨린 당사자는 한없이 흔들리게 된다. 누구나 겪지만 나와 똑같은 슬럼프를 겪는 사람은 없으므로 개개인에게 슬럼프는 반갑지 않은 손님이었다.

"재훈이 넌 뭐든 쉽게 다 이뤘으니까, 넌 천재니까 모르나 본데……."

권재훈은 자타가 공인하는 에이스였다. 초등학교 저학년 때 이미 눈도장 찍혀서 엘리트 체육을 경험하고 고등학교까지 장학금을 받으며 탄탄대로만 걸어왔다. 가끔 애한테 슬럼프란 단어가 존재할까, 그 뜻이나 제대로 알고 있을까, 하는 의문이 들 때가 있었다.

"누가 천재야? 너, 나 꼬냐?"

뜻밖의 말에 걸음을 멈췄다. 공격적인 어투였다. 국가대표 선발전이 다가오고 있었다. 모두가 기대하면서 모두가 예민해지는 시기였지만 권재훈은 예외였다. 그런 권재훈이 까칠하게 굴었다. 모든 점프 기술을 가장 먼저 습득하고 완벽에 가깝게 연기해 내는 권재훈이 조금씩 변해가는 기분이었다. 내가 걸음을 멈춰 섰는데도 녀석은 멈추지 않았다. 함께 걷다가 멈추면 "왜?" 하면서 돌아보던 녀석이었는데 지금은 아니다.

"야, 권재훈!"

목소리 높여 불러봤지만 제 속도로 묵묵히 앞만 보고 걸어갈 뿐이었다.

"나보고 허리가 길어서 남보다 유리하다고 위로해 주던 녀석은…… 이제 없는 거냐?"

나는 권재훈의 뒤통수에 대고 악을 썼다. 동네 똥개가 짖어도 한 번은 돌아볼 법도 한데 녀석은 기어코 돌아보지 않았다. 사춘기를 겪으며 다리보다 허리가 길어지는 것 같다는 내 말을 듣고 녀석이 웃으며 날 위로했던 말은 이랬다.

'박무원. 다이빙 선수한테 최고의 신체 조건은 긴 허리야. 넌 이미 올림픽 금메달이라고. 그러니까 쫄지 마.'

머리부터 발끝까지

아가미가 생겼다. 바라던 바였다. 평생 물속에서 살 수 있으니 듣기 싫은 소리는 듣지 않아도 된다. 개구리가 되길 바랐으나 물속에서 자유롭게 다닐 수만 있다면 그 무엇이 되더라도 상관없었으니까.

"고개 들어!"

"빨리 들어가야 해!"

나를 얽매던 소리가 점점 뭉개지더니 물결 속으로 흩어졌다. 물속은 평화로웠다. 몸은 한없이 부드러워지고 관절 마디마디, 근육 하나하나가 우유에 흠뻑 젖은 식빵처럼 풀어졌다. 나른함에 자꾸만 웃음이 나왔다.

바닥이 보이지 않는 물속이었는데 갑자기 사방에 정사각형 타일 조각이 나타났다. 수초가 가득했던 물속을 헤엄치던 나는 갑자기 거대한 수족관에 갇힌 꼴이 되었다. 정사각형의 벽이 서서히 움직이기 시작했다. 나름 벽을 피해 이리저리 헤엄쳤지만 역부족이었다. 보이지 않는 무언가가 나를 몰아대고 있었다.

벽이 갑자기 투명하게 변하더니 수많은 눈동자가 나를 향해 달려들었다. 비명을 질렀으나 물속에서 내 목소리는 거품이 되어 부서질 뿐이었다.

"일어나. 이래서 국대 마크나 달겠어?"

생생한 목소리의 주인공은 아빠였다. 사지가 뻣뻣하게 굳었다. 아가미가 내 뜻대로 움직이지 않았다. 그러나 문제는 숨이 아니라 가슴을 누르는 압박이었다.

내 꿈은 평화롭거나 아늑한 적이 없었다. 다이빙대에서 뛰어내리는 순간처럼 영원히 끝나지 않는 추락을 겪거나 물속으로 잘못 떨어져 한꺼번에 엄청난 수압을 감당하거나…….

'환장하겠네. 물에서 허우적거렸는데 대체 왜 다이빙대에 섰지?'

뺨을 더듬다가 턱부터 목까지 두 손으로 매만졌다. 아가미가 분명히 있었다. 귀를 찢을 듯한 호루라기 소리와 "뛰어!" 하는 외침이 들려왔다. 나는 벼랑 끝에 발끝을 들고 서 있었다. 뇌는 멈추라고 난리였으나 근육이 제멋대로 움직였다. 백 다이브 동작이 자연스레 이어지더니 몸이 깃털처럼 가볍게 허공에서 돌았다.

'이제 수면이어야 하는데.'

몸이 한없이 아래로, 아래로 떨어지기만 할 뿐 바닥에 발이 닿지 않았다. 당혹감에 허우적거리느라 동작이 엉망으로 풀어졌다. 눈을 감았다 뜨면 또다시 다이빙대 위였다.

"너, 진짜 안 일어나?"

철썩. 엉덩이가 뜨거웠다. 엉덩이에 와 닿은 매서운 손길…… 현실이었다. 소스라치게 놀라 눈을 뜨자 못마땅한 눈초리로 나를 바라보는 아빠와 마주했다.

"아이 씨, 악몽이네."

"너, 늦잠 자는 게 악몽이야. 자꾸 게으름 피울 거야? 선발전까지 얼마 안 남았어."

"건강하게만 자라다오"의 주인공이었던 아빠는 더 이상 존재하지 않았다. 뭐라도 좋으니 즐겁게만 운동하라던 아빠는 어디로 갔을까.

"일요일마다 아빠랑 뒷산도 가고 얼마나 행복해."

"아, 그게 무슨 행복이에요. 돈 없다고 잘 다니던 헬스장 피티 그만두게 한 거 미안해서 그런 거잖아요. 아빠가 직접 웨이트 트레이닝 시켜준다고."

아빠의 감시 아래, 집과 학교, 훈련장을 오가는 일은 더더욱 고됐다.

"전화위복이다. 이 기회에 너, 웨이트 트레이닝을 더 받을 수 있어."

체대 출신도 아니고 그렇다고 다이빙이란 종목에 평생 관심을 갖고 살던 사람도 아니었으면서 아빠는 다이빙 전문가처럼 굴었다. 기껏해야 조기 축구회에서 골대를 지키던 아빠가 다이빙에 인생을 걸겠다고 선언한 것은 나 때문이었다.

"방어를 인생의 미덕으로 알던 내가 공격을 이해하게 된 것은 다 내 아들 때문이지."

시합 때마다 회사에 월차를 내던 것으로 모자라 종국에는 회사를 그만두고 작은 공장을 차렸다. 그러나 달라진 점은 없었다. 먹고사는 일은 녹록지 않았다. 말이 좋아 사장이지 아빠는 더 바빠져서 경기장을 찾지 못했다. 아들의 경기를 직관하지 못했다는 미안함 때문인지 아빠는 각종 다이빙 서적과 영상 자료를 모으기 시작하더니 나에게 온갖 조언을 쏟아냈다.

"웨이트 시간은 늘릴수록 좋다. 체력도 좋아지고 공중 동작 때 힘이 달라진다. 그래, 안 그래?"

확신에 찬 아빠의 모습을 보며 나는 입을 꾹 다물었다. 선불리 긍정의 대답을 했다가는 웨이트 시간이 기하급수적으로 늘 것이고, 부정적으로 대꾸했다가는 욕을 바가지로 먹을 게 불 보듯 뻔했다.

"손흥민 선수한테 손웅정 씨가 있다면 박무원, 너한테는 내가 있다!"

창을 등지고 서서 주먹으로 가슴을 두드리는 아빠의 모습은 호러 그 자체였다. 창밖으로 하늘을 보니 오늘은 유난히 더울 것 같았다. 구름 한 점 없이 파란 하늘이 눈부셨다. 하늘을 좀 더 오래 보고 싶다는 생각이 드는 찰나, 체육복 바지가 날아왔다.

"아이, 진짜! 던지지 마요. 먼지 날려요."

괜한 반항이었고 짜증이었다. 그러나 아빠는 모든 속내를 간파했다는 듯 가볍게 내 짜증을 무시했다.

"먼지 좀 날리면 어떠냐? 기껏해야 네 똥 가루인데."

손흥민 선수에겐 이런 아빠가 없어서 다행일 테지. 나는 자리에서 일어나 일부러 엉덩이를 아빠 쪽으로 들이밀었다.

아빠는 산을 오르는 내내 웨이트 트레이닝의 중요성에 대해 역설했다. 아빠의 편도선은 유달리 튼튼하다는 생각이 들었다. 제아무리 고래고래 악을 써도 목이 쌩쌩했다. 반면에 말이 없는 편에 속하는 엄마는 툭하면 편도선염을 앓았다.

살가운 맛이 전무후무한 녀석이라고 해도 주말이면 종종 뭐하냐고 톡을 보내던 권재훈이 요즘 들어 이상하게 뜸했다. 평소 말수도 줄어드는 것이 수상쩍었다.

웨이트 트레이닝 장소에 도착하고 나서도 읽씹이었다. 단답형일지라도 바로 대답하던 녀석이었는데 무슨 일인지 모르겠다. 그냥 녀석이 변하고 있다는 느낌이 지배적이었다. 아빠와 말도 안 되는 웨이트를 시작했다며 하소연하자 세상 부럽다는 눈빛을 보내주던 사람이 권재훈이었다.

"창의적인 웨이트의 증거가 돼라, 박무원."

권재훈의 말에는 늘 탄탄한 뼈대가 있었다. 녀석의 다이빙 동작처럼. 화려한 말주변이 있는 것은 아니었지만 녀석의 짧은 말은 종종 힘이 되었다. 무뚝뚝했지만 다이빙계의 천재로 불리면서 자기 확신에 찬 녀석이 나는 부러우면서도 자랑스러웠다.

약수터 단골 어르신들이 아빠와 내게 알은체했다.

"늦었네, 박 사장. 우리 선수님은 오늘도 파이팅이야."

뻔한 장소였다. 동네 뒷산에 자리 잡은 약수터. 젊은 사람들보다 어르신들이 더 많이 찾는 장소였다. 산 정상에서 흘러내려오는 약수를 보호하고자 처마를 세우고 그 둘레로 다양한 모양의 의자가 옹기종기 모여 있었다. 약수터 처마 옆에 누군가 기부한 오래된 라디오에서 온종일 뉴스, 시사, 음악 프로그

램이 흘러나왔다.

"어이, 신참! 그만 내려와. 우리 선수 오셨어."

기창 할아버지가 평행봉에 매달려 있는 낯선 할아버지에게 외쳤다. 신참이라 불리던 할아버지는 구시렁대며 평행봉에서 손을 놓았다. 그러더니 내 옆으로 와서 한마디 건넸다.

"노인네를 끌어내렸으니 나중에 꼭 금메달 따야 헌다."

무안한 순간이었다.

"하하하. 잘 알겠습니다, 어르신."

역시나 아빠였다. 익살맞은 표정으로 처음 보는 어르신 어깨를 주무르며 감사 인사를 전하는 아빠 덕분에 신참 할아버지도 웃는 얼굴이 되었다. 기창 할아버지가 주머니에서 손수건을 꺼내더니 평행봉을 닦았다.

"박 선수, 어서 연습하시게."

목소리가 얼마나 쩌렁쩌렁한지 약수터에 온 모든 사람이 우리 쪽을 힐끗 쳐다보았다. 아빠가 바지 주머니에서 밴드를 꺼내 평행봉 기둥에 묶었다. 웨이트를 이렇게 원시적으로 해야 하나 싶었지만 반항은 아빠 사전에 없었다.

"이야, 박 사장. 역시 올림픽 선수 아빠라 다르구먼. 우리 어릴 때도 왜 그거 있잖은가? 나도 왕년에 고무 타이어도 끌고 그랬지."

약수터에 옹기종기 모여 맨손 체조를 하던 어르신들이 훈수를 두려고 모여들었다. 이제부터는 안 봐도 비디오였다. 처음 약수터를 찾은 어르신들은 내가 누구냐고 물을 것이고 몇 번 나를 봤다는 어르신들은 나에 대해 설명하느라 어수선할 터였다. 그중에 제일은 기창 할아버지였다.

기창 할아버지의 성은 박 씨인데 우리 집안과는 아무 연관이 없는 본관이었다. 하지만 기창 할아버지는 단박에 잘라 말했다.

"박 씨면 다 같은 박 씨인 거지. 뭘 따지나. 대한민국 박 씨가 거기서 거기지."

다이빙의 '다' 자도 몰랐던 기창 할아버지는 내가 다이빙 선수이고 중학교 때 나름 유망주였으며 이제 국가대표 선발만을 기다리고 있다는 것과 국대가 되는 순간 올림픽 무대에 오를 것이라는 아빠의 확신에 깜빡 속은 사람이기도 했다. 다이빙을 동영상으로, 인터넷 기사로 공부한 기창 할아버지는 이후 약수터에서 나를 만나면 반갑게 인사하는 것은 물론이고 운동기구를 선점한 다른 어르신들을 내쫓는 데에도 적극적으로 나섰다. 그때마다 쥐구멍에 숨고 싶은 마음을 아무렇지 않은 척 숨기느라 얼마나 애썼는지 신은 아시려나?

노인의 혜안은 무시할 수 없었는데, 움츠러든 내게 기창 할아버지는 한결같이 말했다.

"박무원 선수. 당당하게 어깨 펴고 훈련해! 올림픽 나가서 국위선양할 인재가 그리 움츠러들면 못써."

그런 말을 자꾸 듣다 보니 이제는 어르신들이 운동기구를 양보해도 넙죽 감사 인사를 하고 당당하게 사용했다.

기창 할아버지는 약수터의 지킴이였다. 나중에 내가 올림픽 무대에 서서 메달을 따게 되면 이곳 약수터가 다이빙 선수들의 성지가 될 것이라며 호언장담했다. 때가 되면 당신께서 각종 언론사와 인터뷰하게 될 것이라고 뿌듯해했다.

"자아, 박 선수. 이제 시작해 볼까?"

뒷산에만 오르면 아빠는 날 두고 꼭 '박 선수'라고 낯간지러운 소리를 했다. 쥐구멍에 숨지 못한다면 들리지 않는 척하고 운동에 매진하는 편이 낫다. 밴드를 다리에 걸고 스쿼트를 시작했다. 500개는 채워야 끝날 것이다.

약수를 들이켠 몇몇 사람들이 나를 힐끔거렸다. 기창 할아버지는 기회는 이때다 싶었는지 사람들 앞으로 나섰다.

"아아, 우리 동네 다이빙 선수요. 곧 올림픽에 나갈 겁니다. 훈련 중이야."

"예에? 다이빙 선수요? 전 태어나서 다이빙 선수는 처음 봅니다."

호기심 가득한 눈초리가 사방에서 날아들었다. 약수터에 온 어르신들이 나를 따라 제각각 운동기구에 매달려 부지런히 몸을 움직였다. 고개를 숙이고 묵묵히 속으로 숫자를 셌다.

숫자가 올라갈수록 그림자 위로 떨어지는 땀방울이 늘어갔다. 허벅지가 불타오르고 있었다.

사실 난 도망자였다. 좋아하던 수영으로 성공하지 못할 것이란 현실을 직시하고 차선책으로 다이빙을 선택한 것일지도 모른다. 친구들 앞에서 단 한 번도 다이빙에 맹목적인 인간이었다고 말한 적도 없었다. 평영 선수가 되고 싶었지만 한계에 도달했다고, 그래서 아쉽지만 접을 수밖에 없었다고 솔직하게 고백했다.

포기를 나쁘거나 옳지 않은 것이라는 흑백논리로 단정 지을 수는 없다고 생각했다. 비록 원하던 평영 선수가 되지 못했지만 나는 내 인생을 포기하고 싶지 않았다. 물에서 노는 또 다른 방법을 찾아냈을 뿐이다. 다이빙대에서 뛰어내리고 물 가장 깊숙이 들어갔다가 평영을 해서 물 밖으로 헤엄쳐 나온다. 삶은 길고 선택은 다양하다. 내 믿음은 이랬다.

권재훈에게 전화를 걸었다. 신호음만 울릴 뿐 녀석은 받지 않았다. 개인 훈련 중인가, 라고 나름대로 이유를 만들어보았지만 톡에 표시된 읽씹당한 메시지는 여전히 내 마음을 불편하게 했다. 훈련 중에도 꼬박꼬박 전화를 받고는 "나 훈련"이러면서 전화를 끊던 녀석이 아니던가.

무거운 다리를 끌고 기적의 편의점으로 향했다. 뒷산 웨이트 트레이닝이 끝나면 피로한 근육은 물론 더 피로한 마음을 달랠 수 있게 아빠는 편의점행을 말리지 않았다.

"히야옹, 니야옹."

가늘고 연약한 소리가 발길을 붙잡았다. 들릴 듯 말 듯 한 소리에 나는 귀를 후비적거렸다.

"힘들어서 귀가 나갔나? 환청이 다 들리네."

수영장에서 평생을 살았어도 귓병 한번 없던 나였다. 그런데 선발전을 앞두고 스트레스가 심했나 보다.

전봇대 앞을 지나는데 또다시 가늘고 긴 울음소리가 들렸다. 발걸음을 옮길 때마다 노린 듯이 박자를 맞춰서 들리는 소리에 등골이 오싹했다. 귀신이 나타나기엔 아직 해가 남아 있었다.

'뭐지?'

호기심이 사람을 잡는다고 전봇대 앞으로 다가갔다. 쓰레기봉투가 모여 있어서 악취에 파리까지 들끓었다. 쓰레기 더미를 빤히 보는데 사방이 고요했다. 환청이었구나…….

"니야오옹."

쓰레기 더미 안쪽에서 뭔가가 부스럭거렸다. 나는 발로 툭, 쓰레기봉투 하나를 건드렸다. 가늘고 서글픈 울음이 이어졌다. 더럽다는 생각은 달아나고 나도 모르게 소리가 난 쓰레기봉투를 집어 들었다.

"으아! 뭐냐, 너?"

새끼 고양이였다. 손바닥 안에 쏙 들어올 크기의 작은 새끼 고양이. 내 손바닥 위에서 작은 심장이 뛰고 있었다. 몸이 얼어붙고 말았다.

"엄마가 버리고 갔니?"

새끼 고양이는 눈도 뜨지 못했다. 갓 태어난 새끼를 이런 식으로 버리다니! 손에 느껴지는 체온에 내 심장이 벌렁거렸다. 주책맞게 뛰는 심장을 정상적으로 가라앉히려고 코로 공기를 한껏 들이켰다. 새끼 고양이는 또 버림받을 것을 걱정하는지 제 몸을 잔뜩 웅크리고도 작은 발로 내 손가락을 꼭 붙들었다.

고양이는 처음이었다. 집에 데려갈 수는 없고, 기적의 편의점 구본희라면 답을 알고 있겠지. 재채기가 나왔다. 참으려고 했지만 털 알레르기가 있는 나로서는 별수가 없었다. 내가 할 수 있는 최선은 새끼 고양이가 놀라지 않게 이를 꽉 물고 재채기를 참는 방법뿐이었다.

"야옹아, 거의 다 왔……. 어? 어!"

편의점 문이 열리고 손님으로 보이는 남자애가 튀어나왔는데 어딘가 수상쩍었다. 아니나 다를까. 뒤이어 구본희가 미사일처럼 뛰쳐나왔다.

"서!"

모자를 눌러쓴 남자애가 하필이면 내가 서 있는 방향으로 뛰었다. 머리보다 몸이 먼저 반응했다. 달려드는 남자애 앞을 막아섰다. 갑자기 달려든 나를 보고 녀석이 휘청거렸다. 도주가 처음인 애송이였다. 베테랑이었다면 필시 날 밀치고 도망쳤을 것이다. 새끼 고양이가 손안에서 몸을 떨었다. 다른 손으로 재빨리 남자애의 목덜미를 낚아챘다.

"아얏!"

하필이면 지난번에 손목 부상을 당한 손을 썼다. 통증 때문에 잡고 있던 뒷덜미를 놓쳐버렸다. 하지만 남자애가 후드를 입고 있어서 모자를 잡아챌 수 있었다. 길게 늘어진 옷을 벗으려는 녀석을 구본희가 붙잡았다. 한 손에는 새끼 고양이가, 다른 한 손에는 남자애의 벗겨진 후드티가 남았다. 구본희 손에 잡힌 남자애는 발버둥을 쳤다.

"놔요!"

나는 만일의 사태를 대비해 녀석의 뒤를 막아섰다.

"너 같으면 놓겠어요? 물건을 뿌렸는데."

과연 구본희다운 멘트였다. 후드티를 털자 주머니에서 김밥 한 줄과 인기 폭발인 크림빵이 나왔다. 에이, 하는 실망감 가득한 감탄사가 튀어나왔다. 돈통을 턴 것도 아니고 김밥 한 줄, 크림빵 하나였지만 그래도 훔친 건 훔친 거였다.

"돈 없지? 있으면 안 훔쳤겠지."

남자애는 갑자기 말이 없었다. 경직된 어깨를 보니 딱 보기에도 초범 같았다. 풀이 죽어 보이는 것은 내 착각이었을까? 땅에 떨어진 것도 없는데 바닥만 보고 선 녀석이 안쓰러웠다.

"부모님한테 연락해서 물건값 내고 끝낼래, 아니면 경찰에 신고할까? 선택해."

딱 부러지게 선택지를 제시하는 구본희의 말에 나는 속으로 감탄했다. 마치 이 시간대에 편의점 털이범이 방문할 줄 알고 기다리던 사람처럼 굴었다.

고개를 숙이고 있던 남자애가 뭐라고 중얼거렸다. 당혹스러운 상황이겠지.

"안 들려. 똑똑히 말해."

물건 훔친 애가 입이 열 개라도 할 말이 없다는 것을 구본희가 모를 리도 없을 텐데. 왜 저러는 것인지 모를 일이었다.

"저어…… 부모님 안 계세요."

어디 여행 가셨나? 남자애가 고개를 들었다. 드디어 구본희와 맞짱을 뜨기로 마음먹은 것인가?

"어떻게 안 계셔?"

이건 또 무슨 의도를 가진 질문인지 예상하기가 힘들었다.

"무슨 그런 괴상망측한 질문을……."

그러나 나는 그들 사이에 이미 없는 존재였다. 남자애는 작은 목소리로 자기가 처한 사실을 고백했다.

"저, 고아예요. 부모님 없어요."

해가 떨어지지 않은 골목길에 정적이 흘렀다. 인적이 뜸한 골목길에 적막을 깬 것은 새끼 고양이의 울음소리였다.

"따라와."

구본희는 도대체 무슨 생각일까? 확신에 찬 걸음걸이로 앞장섰다. 남자애는 더 이상의 도주를 포기한 듯 구본희 뒤를 졸졸 따라갔다. 이 상황의 결말이 궁금해서 참을 수가 없었다. 잡고 보니 덩치만 큰 중딩이었고 경찰에 넘기려나 싶었는데 예상을 뒤엎고 편의점으로 따라오라니! 구본희의 뇌 구조를 이해하기 어려웠다.

편의점에 들어서자마자 구본희는 말없이 창고 쪽으로 사라졌다. 남자애는 어정쩡한 표정으로 제자리에 서서 어쩔 줄 몰라 했다. 만일의 사태를 대비해서 나는 출입문 쪽을 막고 섰다. 창고에서 나타난 구본희의 손에는 대걸레가 들려 있었다.

"야, 걸레질하고 가."

"네에?"

잡혀 온 남자애와 내 입에서 동시에 같은 반문이 터져 나왔다. 구본희는 손가락으로 닦아야 할 곳을 가리켰다.

"게으름 피우지 말고 깨끗하게 닦아. 김밥 한 줄이랑 크림빵 하나 값이야. 오늘 내가 컨디션이 좋지 않아서 안 그래도 도우미 한 명 고용하려고 했으니까."

누가 봐도 꾸며낸 이야기였다. 돈 더 벌겠다고 주말 알바까지 도맡는 구본희가 누굴 고용한다고? 눈 하나 깜짝하지 않고 거짓말을 술술 뱉어내는 구본희가 존경스러울 따름이었다. 구본희의 머릿속에 든 것은 무엇인가. 돈이다. 여태껏 내가 보고 겪은 구본희는 그런 사람이었다.

구본희의 인생 목표는 '돈'이다. 돈이 있어야 힘이 생기고 뭐든 살 수 있다고 믿는 사람이 구본희다. 공부를 제법 잘해서 모두의 기대를 받았으나 '대학=돈'이 아니라는 나름의 결론을 내리고 깔끔하게 진학을 포기했다고 했다. 현실적인 구본희는 이십 대의 첫 번째 목표를 1억 만들기로 정했다.

"넌 곧 시합 아냐? 한가하게 어슬렁거리기나 하고. 큰일이다, 박무원."

나는 다짜고짜 새끼 고양이를 내밀었다. 타이밍 절묘하게 "니야오옹" 가냘픈 소리를 냈다. 하늘에서 외계인이 떨어져도 편의점 매상만 올려준다면 눈 하나 깜짝하지 않을 구본희의 동공이 확장됐다. 구본희가 선수 치기 전에 먼저 나섰다.

"얘도 고아야. 어미 없음."

말이 끝나기가 무섭게 재채기가 나왔다. 요란스러운 재채기 탓에 걸레질하던 남자애가 우리 쪽을 힐끔거렸다. 나는 구본희에게 새끼 고양이를 발견한 곳에 대해 알려줬다. 금전적인 정보 아니면 별다른 관심이 없던 구본희가 광분하며 욕지거리를 내뱉었다.

"니양아, 너 여기서 살까? 우유 먹고 싶지?"

"네에, 언니."

새끼 고양이 대신 내가 대답했다. 사실 새끼 고양이가 암컷인지 수컷인지도 몰랐다. 알레르기가 있는 나로서는 그저 구본희가 맡아준다면 땡큐였다. 그러나 구본희가 공짜로 맡아 줄 리가 없지.

"니양아. 고양이라도 이 세상 룰은 알아야 해. 공짜 우유는 없다. 편의점에서 일해, 너도."

"무슨 헛소리야?"

걸레질하던 남자애는 이제 아예 우리 근처에서 맴돌았다. 지금 이 상황이 녀석에게도 흥미로울 것이다.

"무원이 너 어차피 집에 못 데려가잖아. 사장님 허락받고 편의점 마스코트로 채용하지, 뭐. 자기 사룟값은 벌 수 있을 것임. 앤 귀여우니까 잘할 수 있을 것 같다야."

이 짧은 시간에 일자리 하나를 뚝딱 창조한 구본희의 수단에 박수를 쳐야 할까 싶었다. 구본희는 우유 하나를 데워 새끼 고양이에게 주었다.

기적의 편의점 마스코트로 채용된 새끼 고양이는 '니양이'라는 이름까지 얻었다. 쓰레기봉투에서 발견했지만 이름을 쓰레기라고 하기엔 너무하고……. 생각 끝에 '레기'라고 부르자고 했으나 잠자코 있던 남자애가 갑자기 끼어들어서 니양이가 되었다. 동화책 제목에서 따왔다고 설명할 겨를도 없이 남자애는 매섭게 나를 몰아붙였다.

"버림받은 것도 가여운데 레기가 뭐예요! 이름 불릴 때마다 출생의 비밀을 떠올리게 되잖아요."

설득력 있는 주장이었다. 그런데 얘는 왜 우리 일에 참견일까. 청소를 마친 녀석에게 구본희는 연락처를 건네주었다. 부모가 없다는 것이 진짜인지 거짓인지 확인도 하지 않고 구본희는 제 할 말을 분명히 전했다.

"난 네 말 믿어. 김밥이랑 크림빵값 했으니 가도 좋아. 그런데 너! 편의점 음식이 먹고 싶으면 여기로 와. 다른 데 가지 말고."

남자애가 쭈뼛거리며 아주 작은 소리로 "왜요?"라고 반문했다. 구본희는 별일 아니라는 듯 대답했다.

"내가 종종 조수가 필요할 때가 있거든. 너, 채용할게. 걸레질이 마음에 들어. 딴 데 가기 없기야."

"네, 그럴게요. 그리고…… 죄송하고 감사합니다."

고개 숙여 인사하는 남자애의 모습에 시선을 뗄 수가 없었다. 죄송하고 감사한 마음이야말로 내 심정을 전적으로 대변하는 말이었다. 후드티를 잡아당겨 미안했고 구본희가 귀찮아하는 일을 묵묵히 잘하고 간다니 고마웠다.

"금요일 저녁에 시간 되면 와. 소불고기 도시락 빼놓을게."

남자애는 출입문 밖에 나가서도 구본희를 향해 배꼽 인사를 하고 갈 길을 갔다. 남자애가 시야에서 사라지기가 무섭게 구본희는 진열대 물건들을 정리했다. 오와 열을 맞추고 세우는 손길이 베테랑의 향기를 내뿜고 있었다.

새끼 고양이는 배가 부른지 구본희가 만들어놓은 작은 두유 상자 안에서 잠들었다. 이온음료 하나를 계산하고 간이 입식 테이블 앞에 서서 천천히 맛을 음미했다. 시원한 기운이 몸 안을 가득 채웠다.

"아까 그 애, 왜 신고 안 했어? 누나 성격에 귀찮은 거 싫어하잖아."

시선도 마주치지 않고 구본희가 간이 테이블에 소독액을 뿌리더니 마른 수건으로 정성스레 닦았다.

"버림받는 것보다 더 무서운 상황은 나한테 없어."

이건 또 무슨 생뚱맞은 소리인가. 초범 친구가 두 번 다시 이쪽으로는 오지 않을 것 같다는 내 혼잣말에 구본희가 비웃었다.

"박무원. 네가 부모 없이 살아본 설움이 없어서 그래."

"그럼 누나는 부모 없이 살아서 잘 알고?"

터무니없는 소리에 웃어버렸다. 그러나 나에게 돌아온 대답에 몸이 굳고 말았다.

"당근이지. 나, 고아야. 내가 전에 말하지 않았어?"

이런 식이면 반칙이다. 마음의 준비, 방어 태세도 갖추지 않았는데 이렇게 훅 치고 들어오는 건. 음료수 캔이 손에서 미끄러졌다. 대범하지 못한 것이 내 결점이었다. 그래서 다이빙대 위에 그토록 숱하게 올라섰으면서도 매번 심장이 튀어나올 것처럼 긴장하는 모양이다. 놀란 가슴을 진정시키려고 했지만 침 넘어가는 소리가 유달리 컸다.

'뛰어내리는 순간까지, 아니지 입수하는 순간까지 네 약점을 절대 드러내지 마. 무조건 완벽한 연기를 할 수 있다는 확신을 태도에서부터 주라고.'

기재 코치가 늘 강조했는데……. 그런데 구본희는 대놓고 자신의 결핍은 이렇고 약점은 이거다, 라고 툭 내뱉었다. 심지어 진열대 앞에 서서 음료수의 오와 열을 한 치의 오차 없이 맞추면서 말이다.

"질질 흘리지 말고 마셔."

출입문 벨 소리에 구본희가 계산대로 달려갔다.

"안녕하세요, 어서 오세요."

가만히 들어보니 구본희의 목소리는 다정했다. 돈만 밝히는, 자본주의 냄새만 물씬 풍기는 무미건조한 음성이 결코 아니었다.

3과 10 사이에 존재하는 것

"쟤, 큰일 났다. 아무래도 간식의 기술 레이더에 잡힌 거 아니야?"

초등학생들이 수영장에 바글거렸다. 학교 수영장에서 지역 수영 대회가 개최됐다. 미래의 꿈나무를 발굴, 육성하려는 시의 노력이었다. 나도 저렇게 시작했다. 뭣도 모르고서 말이다.

나와 나은강은 기재 코치를 '간식의 기술'이라고 불렀다. 개개인의 사정이야 달랐지만 기재 코치의 비기에 걸려 주말, 평일, 밤낮없이 뛰어내리기를 반복하고 있지 않은가.

"시대가 어느 시대인데 설마…… 간식에 홀랑 넘어가서 운동하는 애가 있으려고."

나은강이 말도 안 되는 소리라며 혀를 찼다. 수영장에 온 어린애들이 뛰어다니고 점프하고 야단났다. 그런 아이들 무리를 기재 코치가 지켜보고 있었다. 그 모양새가, 기재 코치의 눈빛이 심상치 않았다. 아이들 무리 중의 하나가 떠들어대는 소리가 내 귀에 꽂혔다.

"내가 점프해서 들어가는 거 보여줄까? 나 엄청 높이 뛸 수 있어."

소리가 나는 쪽으로 고개가 홱 돌아갔다. 조건반응이었다. 위험을 감지하는 원초적인 반응. 기껏해야 초등학교 2학년 정도로 보이는 남자애가 의기양양한 표정으로 또래들 앞에서 우쭐거렸다.

"나 개구리 점프랑 똑같이 할 수 있다."

쓸데없는 짓이었다. 대회 시작이 코앞인데 준비운동이나 할 것이지 맥락 없이 무슨 개구리 점프를 한단 말인가. 개구리 때문에 인생이 바뀐 아이는 나 하나로 충분하다는 생각이 들었다. 더 고민할 것도 없이 나는 오지랖을 떨기 위해 남자애에게 다가갔다.

"너, 절대 뛰지 마."

개구리 점프를 선보이겠다는 녀석답게 초록색 수영복을 입고 있었다.

"안 뛸 거예요."

처음 보는 날 똑바로 올려다보며 자기 할 말을 다 하는 애라니. 보통이 아니었다.

"아니, 아니. 내 말은 다이빙, 점프해서 물속으로 뛰어들지 말라고."

"왜요?"

내가 이 상황이 돼도 물어볼 만한 질문이었다. 그러나 막상 내가 그 질문에 답을 해야 하니 말문이 막혔다. 그렇다고 여기까지 끼어들었는데 후퇴할 수는 없지. 고개를 돌려보니 나은강이 흥미롭다는 눈길로 나와 남자애를 지켜보고 있었다. 입가가 씰룩거리는 것을 보니 웃음을 억지로 참고 있는 눈치였다. 나의 다이빙 입문기를 알고 있는 나은강이었다.

"너 그러면 형처럼 돼."

"형처럼 되면 안 돼요? 형은 뭔데요?"

한마디도 지지 않는 애였다. 수경 안으로 보이는 눈빛이 예사롭지 않은 녀석이었다. 마치 내 속내를 간파하겠다는 듯이 눈 한번 깜짝하지 않는 것이 대단했다.

"개구리가 되려다가 다이빙을……. 아무튼 여기저기서 뛰어내리는 사람이야, 형은."

이쯤 되니 남자애는 외계인을 바라보는 심정으로 나를 쳐다보고 있었다. 부담스럽기 짝이 없는 시선이었다.

"형아 말 들어. 내가 너보다 오래 살아봐서 잘 알아."

고작 열일곱 나이를 두고 오래 살았다느니 하는 소리를 하게 될 날이 올 줄은 몰랐다.

"나도 1학년이라 다 알아요. 괜히 그러는 거죠? 개구리 점프 못 하게 하려고."

보아하니 개구리 점프인지 뭐인지 때문에 제재를 당한 적이 있는 것 같았다. 맛난 사탕을 앞에 두고 이 썩는다는 이유로 빼앗긴 표정이었다. 남자애의 억울하다는 표정을 보니 말문이 막혔다. 그래도 지난날의 나를 보듯 속에 담아두었던 말을 슬그머니 꺼냈다.

"세상은 넓고 재밌는 건 많아. 그러니까 수영장 밖으로 나가."

"왜요?"

거참, 호기심 많은 애를 만났다.

"재밌는 건 수영장 밖에 다 있거든."

"칫, 거짓말. 형만 재밌으려고 그런 거죠?"

이렇게 되면 어린 인생을 구제하는 셈 치고 혼신의 노력을 다해보기로 한다. 한껏 유혹적인 목소리로, 매혹적인 시선으로 남자애를 사로잡기로 했다.

"너, 내가 꼬마김밥 사줄까?"

수경 속에서 남자애의 눈동자가 흔들렸다. 껌뻑이는 눈동자는 내면의 갈등을 드러내는 증거가 아니겠는가. 그러나 녀석은 쉽사리 넘어오지 않았다.

"그런 거 안 먹어요. 로제 떡볶이면 몰라도."

다행이었다. 적어도 눈앞의 남자애는 꼬마김밥에 다이빙대에 성큼 올라설 실수는 저지르지 않을 테니까. 개구리 점프를 좋아한다는 녀석은 나와 달랐다. 시대가 급변했구나. 꼬마김밥과 로제 떡볶이의 단가 차이만큼이나 말이다.

자리로 되돌아오니 나은강이 날 보고 웃느라 숨이 넘어갔다. 괜한 오지랖을 떨어서 즐거웠냐고 묻는데 할 말이 딱히 없었다.

"애가 나 같지 않아. 똑똑하더라고."

결국 나도 웃고 말았다. 자라 보고 놀란 가슴 솥뚜껑 보고 놀란다고 딱 내 꼴이 그랬다. 로제 떡볶이를 좋아한다는 남자애는 나처럼 어쩌다 우연히 다이빙대에 서는 일은 없을 것 같았다.

"박무원. 저 애가 점프를 하든 수영을 하든 다 쟤 팔자고 운명이야."

틀린 것 하나 없는 말이었다. 그러나 나는 또 나와 같은 애가 나올까 봐 겁에 질렸던 것뿐이다.

쓰러진 나를 위로하는 사람들은 있었으나 쓰러진 몸을 일으키는 건 오로지 나 스스로 해야만 하는 문제였다.

'즐거웠는데……. 이제는 물 밖으로 나가야만 하는 걸까?'

하지만 물 밖으로 나가긴 죽기보다 싫었다. 그러기 싫으면 더 노력하라며 아빠는 간단히 말했지만 그건 말처럼 쉽게 이뤄지는 일이 아니었다.

기재 코치가 내민 꼬마김밥의 효과는 매력적이었다. 물 밖으로 나갔다가 물속으로 뛰어드는 일이, 좌절과 열패감에 빠져 허우적거리는 내게 '멋지다'라는 말을 아무렇지 않게 툭 건넬 줄 아는 사람이 알고 싶어졌다. 폼이 정말 멋지더라. 김밥 먹을래? 수영을 못하는 상황 따위는 아무것도 아니라는 듯 무심하지만 다정한 관심에 당시의 나는 굶주려 있었는지도 몰랐다.

어쩌면 욕심이란 것이 머리를 드는 순간에 기재 코치를 만난 것일 수도 있었다. 수영 덕에 건강을 되찾자 좀 더 잘하고 싶다는 욕심이 내 몸과 마음을 지배했겠지. 그러나 한계에 직면한 열두 살의 나는 갈피를 잡지 못하고 허둥댔을 뿐이다.

기재 코치는 간식의 기술을 함부로 휘두르지 않았다. 정말 맛있는 꼬마김밥을 건네주었고 우리는 수영장 밖에서 함께 꼬마김밥을 먹었다. 작은 김밥은 입 안에서 다채로운 맛을 냈고 생각보다 배부르게 했다.

"다이빙 왜 해요?"

내가 기재 코치에게 했던 첫 질문이었다. 그러고 보니 나도 개구리 점프 남자애처럼 호기심이 많았나 보다. 기재 코치가 찍어 먹으라고 건네준 소스는 기가 막힐 정도로 맛있었다. 매콤달콤하면서도 감칠맛이 계속 입 안에서 사라지지 않았다.

"나를 이기는 도전. 그게 다이빙의 재미지."

열둘의 나에게 나를 이기는 도전은 너무 멀고 희미했다. 하지만 왠지 모를 멋진 말투와 분위기에 고개를 끄덕이고 말았다. 나는 예나 지금이나 유혹에 약한 인간이었다.

기재 코치는 비트 훈련 전에 꼭 시키는 일이 있었다. 훈련장 안의 우리는 거대한 어항 속의 작은 물고기 같았다. 매번 스펀지 조각이 가득 들어찬 비트 훈련장 안에서 허우적거리며 안간힘을 쓰는 존재들이 우리였다. 난이도가 높은 동작일수록 비트 훈련장에서 제대로 해야만 실제 경기에서 실수를 줄일 수 있었다.

"하나!"

다이빙에 대해 진지한 태도를 지닐 수 있도록 다 함께 목청껏 소리치는 시간.

"우리는 다이빙 기능을 기르면서 다이빙에 대한 사고능력을 키우고 열정을 살찌우도록 한다!"

"둘!"

"우리는 다이빙의 전통을 이어나가며 다이빙을 통해 각자의 삶을 드높이는 지식과 기능을 기른다!"

입이 저절로 벌어지고 목소리는 점점 높아진다.

"잘한다, 셋!"

"우리는 다이빙 훈련을 통해 통상적 사고에 머무르지 않고 새로운 생가을 가지며, 타자와 세계를 존중하는 마음을 기른다!"

누가 만든 것인지는 몰라도 입에 착착 붙는 내용이었다. 아무 생각 없이 듣다 보면 그냥 얘들이 악을 쓰는구나, 하겠지만 가슴으로 헤아려보면 다이빙이란 스포츠가 인류를 굽어살피고 구할 것 같다는 느낌을 지울 수 없었다. 뭔가 역사적이고 대단히 위대한 일을 하는 느낌이 들어서 명치께가 뻐근해지기도 했다.

"꾸물거리지 말고 바로바로 이어서, 시작!"

스펀지 조각이 가득한 풀을 바라보며 보드 뒤쪽으로 줄을 섰다. 기재 코치의 눈빛이 평소와 달리 매섭게 변하는 순간이기도 했다. 그동안 연마하던 동작을 검사받는 시간이었다. 늘 하던 일과 중 하나인데도 매번 떨리는 것은 무슨 조화인지 모르겠다. 올라서는 다이빙대 높이는 점점 높아지는데 그에 비례해서 내 간은 점점 쪼그라드는 것이 틀림없다.

앞으로 뛰기, 앞으로 서서 반대로 뛰기, 뒤로 굴러 앞으로 뛰기, 뒤로 뛰기, 트위스트, 암스탠드……. 현란한 동작들이 초 단위로 빠르게 이어졌다.

권재훈 차례였다. 물구나무서서 뛰기를 시도한 모습에 여기저기서 감탄사가 쏟아졌다. 다이빙대에서 몸이 떨어지는 순간 녀석이 얼마나 이를 악물고 뛰었는지 알 수 있었다. 어깨

근육이 크게 불거졌다.

공중으로 몸을 솟구쳐야만 공중 동작이 여유롭게 이뤄진다. 쉽지 않은 동작이었다. 힘이 받쳐지지 않았는지 다이빙대를 밀어내는 순간 아쉽게도 무게중심이 흔들렸다. 스펀지 풀로 떨어지는 몸이 한쪽으로 무너졌다. 좀처럼 실수를 하지 않기도 했지만 실수를 한들 눈 하나 깜짝하지 않던 권재훈이 스펀지 조각을 움켜쥐더니 바닥에 내동댕이쳤다. 웬일로 감정 조절까지 실패였다.

"다음, 무원이!"

'나를 이기는 도전! 끄아아앗!'

변함없이 속으로 외치는 구호는 나만의 루틴이었다. 일종의 주문이었다. 떨어지는 순간에는 망하더라도 적어도 시작하는 순간만은 의욕 만점이고 싶었다. 박풍덩이라고 나를 놀리던 기재 코치의 코를 납작하게 만들리라. 물론 기재 코치는 콧대가 낮다. 더 납작하게 만들 필요도 없지만 굳이 만드는 사람이 있다면 나였으면 했다.

탄성이 있는 스프링보드는 단단한 콘크리트 바닥의 플랫폼보다 예민했다. 발끝에 온 신경을 모아 한 걸음, 한 걸음 뗐다. 숨을 한 번 몰아쉬고 보드 끝쪽으로 달려갔다. 스펀지가 깔린 비트 훈련장이긴 하지만 긴장감이 줄어들지는 않았다.

내가 선택한 동작은 비틀어 뛰기였다. 점프, 두 바퀴 비틀고 앞으로 두 바퀴. 몸이 이상하리만큼 가벼웠다. 발끝으로 찬 보드가 내 몸을 허공으로 힘차게 밀어냈다. 뒷산 훈련의 성과일까? 욕심이 두뇌를 움직였다. 애당초 두 바퀴 비틀겠다는 마음이 순식간에 세 바퀴로 변했다. 그러나 마음먹는다고 근육이 바로 반응할 리 없었다. 나는 로봇이 아니었다.

'하나, 두울, 세에에……'

새 됐다. 세 바퀴를 돌겠다는 욕심 때문에 두 번째 동작 마무리가 허술했고 다급하게 비튼 세 번째 동작은 꼬여버렸다. 앞 동작이 무너지면 뒤이은 동작 역시 도미노처럼 무너지는 것은 기정사실. 입수 동작 마무리까지 엉망이 되는 건 당연지사였다. 다이빙은 유기적으로 연결되는 종목이었다.

"야이, 박풍덩아!"

누구의 악다구니인지 고개를 들지 않아도 알았다. 기재 코치의 욕설이 스펀지 사이사이로 흘러들었다. 가능하다면 스펀지 풀 깊숙이 몸을 숨기고 싶을 따름이었다.

"빨랑 안 나와?"

엉기적거리며 천천히 스펀지 사이로 고개를 내밀고 몸을 일으켰다. 고개를 들자마자 권재훈과 눈이 마주쳤다. 다른 사람의 훈련을 지켜보는 녀석이 아닌데 어쩐 일인지 나를 지켜보고 있었다. 제 동작을 하고 보완점을 찾고 다시 반복하는 녀석에게 다른 사람의 동작을 꼼꼼히 살펴볼 여력 따위가 없다는 것을 나 역시 잘 알고 있었다.

"넌 선배들 훈련 모습 안 봐도 되냐?"

언젠가 물었을 때 권재훈은 세상 쿨한 목소리로 말했다.

"봐서 뭐 하게? 본다고 내 것이 되냐? 그리고 난 그렉 루가니스 아니면 그 누구도 안 쳐준다."

거만하기 짝이 없는 대답이었는데도 나는 그런 권재훈의 당당함이 좋았다. 확신에 찬 녀석의 배짱이 부러웠다고나 할까. 다이빙 천재의 마음을 어쩌다 다이빙을 하는 내가 100퍼센트 이해할 수는 없겠지만 나는 녀석의 그런 태도가 자기 확신에서 나온 결과라고 생각했다. 그래서 응원하고 싶은 마음이었다.

"너, 뭐냐?"

가시 돋친 말투였다. 날 주시하는 권재훈의 눈초리가 심상치 않았다.

"뭐냐니? 뭐가?"

권재훈의 대답을 듣기도 전에 기재 코치가 내 귀를 잡아당겼다. 귀가 떨어지는 줄 알았다.

"두 바퀴 비틀기! 기본도 안 된 녀석이 무슨 배짱으로 세 바퀴야, 말도 없이?"

대답이라도 잘해야지 여기서 밀리면 분명 기합이었다. 두뇌를 풀가동했다.

"재밌으려고 그랬습니다!"

아무렇지 않은 척해도 갑자기 바뀐 동작에 몸이 긴장했는지 겨드랑이며 등줄기에 땀이 흥건했다.

"재미이이?"

다 알아들었으면서 못 알아듣는 척하는 것도 기재 코치의 특기라면 특기였다. 똑바로 말하라는 듯 기재 코치가 내 귀를 더욱 세게 비틀었다.

"다이빙의 재미는…… 나를 이기는 도전이라면서요!"

몸에 힘을 주었다. 힘이 몰려 귀까지 뻣뻣해지는 것 같았다. 내 귀에서 슬그머니 손을 놓은 기재 코치가 날 빤히 쳐다보더니 천천히 입을 열었다. 어쩐지 지옥문이 열릴 것만 같은 예감이었다.

"앞으로 10미터로 올라가."

여기저기서 탄성이 들려왔다. 덩달아 내 입에서 한숨도 새어 나왔다. 내 속을 모르는 누군가는 "오오! 업그레이드된 건가, 박퐁덩?"이라며 놀려댔다.

"벌칙인 건가?"

혼잣말을 하는데 나은강이 내 팔을 툭 치며 속삭였다.

"설마, 이런 걸 무슨 벌칙으로 하니?"

제발 나은강 말대로 그랬으면 좋겠다. 3미터 스프링보드를 주 종목으로 뛰는 나에게 10미터는 먼 나라 이야기였다. 중3

때부터 10미터에 올라갔지만 적응하는 게 쉽지 않았다. 그야말로 10미터는 아주 다른 세계의 이야기였다.

"10미터는 뛸 때마다 내가 어떻게 떨어질지 상상이 안 가."

플랫폼에 올라가기도 전에 긴장했다. 나보다 훨씬 빨리 10미터 유망주로 뽑힌 권재훈에게 조언을 구하는 편이 좋겠다는 생각이 스쳤다. 권재훈의 옆구리를 쿡 찔렀다.

"네가 어떻게 떨어지는지 내가 일일이 알아야 하나?"

매몰찬 소리였다. 동료에게 살갑거나 오지랖을 떠는 성격이 아니라는 것은 알았지만 가시 돋친 말을 서슴없이 내뱉는 스타일도 권재훈답지 않았다. 주말의 읽씹까지 떠올라 내 기분 또한 바닥으로 곤두박질쳤다. 싸늘한 기운이 맴돌았다. 실체가 잡히지 않는 찝찝한 기운에 저절로 미간이 구겨졌다.

"야, 친구 사이에 이러기야?"

화를 누르고 애써 웃었다. 그러자 권재훈은 내게 시선도 주지 않고 예상치 못했던 속내를 드러냈다.

"박무원. 우린 경쟁자야."

할 말을 잃었다. 물속에서도 물 밖에서도 우리는 늘 혼자 뛰어내렸다. 하지만 단 한 순간도 혼자라고 생각하지 않았다. 다이빙대 위에서는 혼자였지만 응원해 주는 친구가 늘 함께하고 있다고 믿었다. 그런데 가장 친한 녀석이 날 보며 '경쟁자'라고 내뱉는 순간 서운함이 몰려들었다. 단순한 서운함으로 치부하기에 모자랄 만큼 당혹스럽고 부아가 났다.

"이 자식이 진짜……. 야, 권재훈. 이야기 좀 해."

권재훈은 좋다 싫다 반응도 없이 날 무시했다. 나를 지나쳐 트위스트 벨트에 몸을 묶어버렸다. 입을 꽉 다문 채 권재훈은 쉬지 않고 공중 동작을 연습했다. 앞으로 두 바퀴 반, 세 바퀴 반……. 쉴 새 없이 회전했다. 일부러 몸을 혹사하고 있다는 것이 뻔히 보였다.

"발끝 집중!"

트램펄린을 박차고 공중으로 솟구친 권재훈이 허공에서 안간힘을 쓰고 있었다. 나는 가만히 속으로 회전수를 셌다.

'하아, 되게 무섭다……. 10미터 위보다 지금 여기가 더.'

눈앞에 펼쳐진 훈련장 풍경이 한없이 돌아가고 있었다.

확실히 다이빙장 공기는 트램펄린 훈련장 공기와 달랐다. 긴장감의 밀도가 높았다. 분명히 입수 동작이 별로였다는 건 기억하지만 그렇다고 귀에 문제가 생긴 건 아니었다. 귀가 멍해지더니 정신까지 혼미해질 지경이었다.

"진짜예요?"

"그럼 여기서 가짜도 있냐?"

기재 코치가 빨리 올라가라고 소리쳤다. 물을 흠뻑 먹은 스포츠타월을 움켜쥐었다. 손아귀 사이로 물이 뚝뚝 떨어졌다. 곁눈질로 권재훈을 보니 늘 그랬듯 녀석은 무표정이었다.

"너희 둘, 같이 뛸 준비해."

담담하게 건넨 기재 코치의 말은 날벼락이었다. 3미터 스프링보드가 주 종목인 나에게 10미터 플랫폼에 오르라더니 본격적으로 권재훈과 함께 뛸 준비를 하란다. 그야말로 카오스의 시작이었다.

"코치님, 왜 갑자기 제가 10미터를······."

질문이 끝나기도 전에 기재 코치가 기다렸다는 듯 술술 대답했다.

"10미터를 같이 뛸 때 가장 중요한 건 합, 서로의 호흡이야. 오래 함께한 너랑 재훈이 만한 짝이 없지. 서로 부족한 점을 보완하기도 좋고. 무엇보다······ 흠, 우리나라는 선수층이 얇잖아? 그러니까 잔말 말고 뛰어. 멀티플레이어가 필요하다고."

대놓고 속내를 말해주는 바람에 싫다느니, 못 하겠다느니 소리는 입 밖에 꺼내지도 못했다.

"재훈아, 비법 좀 알려줘. 넌 10미터 탑이잖아."

자존심을 버리고 살갑게 부탁했다. 권재훈은 또래에서 제일가는 10미터 유망주였다. 최근 들어 폼이 무너졌다고 수군대는 애들이 있기는 했지만 쉽지 않은 종목이었다. 누구나 하겠다고 떠들어댈 수 있는 종목이 아니란 의미다.

"진심이야? 나한테 답을 얻고 싶은 거?"

묘하게 꼬인 말투였다. 차라리 "피, 땀, 눈물을 흘리면서 스스로 알아내야 네 실력이 되는 거다"라고 예전처럼 설교하는 모습이 어울렸다. 요즘 들어 녀석이 왜 이렇게 예민하게 구는지 영문을 모르겠다. 꽈배기처럼 꼬여서는 내뱉는 말마다 내 신경을 긁어댔다.

녀석이 지나치면서 스포츠타월을 내 발끝 쪽으로 던졌다. 철퍼덕. 타일 바닥에 널부러진 타월이 녀석과 나의 관계처럼 느껴진 것은 기우일까.

권재훈이 10미터 플랫폼으로 올라가면 항상 등 뒤에 대고 "파이팅!"을 외쳐주었다. 하지만 오늘은 입이 떨어지지 않았다. 내가 파이팅을 외칠 타이밍을 기막히게 알고 뒤를 돌아보던 권재훈도 오늘은 없었다. 녀석은 묵묵히 계단을 밟아 올라갈 뿐이었고 나는 그런 녀석의 벗은 등을 멀거니 바라보았다.

"쟤도 슬럼프인 거야. 틀림없어."

나은강이 머리를 고쳐 묶으며 귀띔을 해주었다.

"쟤가 무슨 슬럼프? 사이보그같이 뛰는 놈이."

"권재훈, 너한테 밀린 적 단 한 번도 없던 애야. 그런데 최근 연습 경기서 너보다 입수 동작, 공중 동작 계속 조금씩 밀리고 있잖아. 심통이 난 거지."

뜻밖의 전개였다. 완벽하게 자기 관리를 하며 같은 학년은 물론이고 선배들마저도 위협할 만큼의 실력을 갖춘 권재훈이었다. 세상 슬럼프가 다 몰려와도 권재훈만은 비껴갈 거라고 우리끼리 농담했던 적도 있었다.

"물어봤어?"

"물어본다고 아니? 척하면 척이지. 내가 겪어봐서 알아. 재훈이 쟨 자존심에 억지로 아닌 척하고 억누르고 있을 뿐이라고. 질투인데 인정하고 싶지 않은?"

"하, 어이없네. 그럼 난 늘 바닥만 치라는 거야? 내가 얼마나 피똥을 싸면서 몸부림쳤는데……. 눈곱만치라도 발전해야 사람이지. 저만 잘하라는 보장 있나?"

겪어본 자가 겪는 자를 알아보는 법이라고 나은강이 머리 위 플랫폼을 올려다보았다. 나도 나은강의 시선을 따랐다. 플랫폼 끝에 권재훈이 발끝을 걸고 서 있었다. 나은강의 말을 들어서일까. 녀석의 발끝이 위태로워 보였다.

"어쩌지?"

한숨처럼 걱정이 새어 나왔다. 도무지 녀석이 예민하게 구는 이유를 찾을 길이 없었다. 단지 슬럼프 때문에 나를 대하는 태도가 달라졌다고 보기엔 내가 오버하는 것 같았다.

"나한테 했던 방법을 써먹어 봐."

남들 눈에는 녀석과 내가 여느 때나 다름없어 보일지 몰라도 많은 시간을 함께 보낸 나는 직감했다. 우리 주위를 둘러싼 공기마저도 달라져 버렸다는 것을.

"권재훈한테 봄꽃 보러 가자고 해."

나은강이 웃었다. 그러나 나는 웃을 수가 없었다. 권재훈이 뛰어내렸다. 백다이브를 시도하는 권재훈은 완벽했다. 아래로, 아래로 떨어지면서 트위스트 동작이 다급해졌다.

'노 스플래시!'

나의 바람과 달리 입수 동작에서 녀석이 무너졌다. 퍽, 사방으로 물보라가 일었다. 한참이 지나도 권재훈이 물 밖으로 나오지 않았다.

"인정하지 않겠지만 쟤, 위기야."

풀에서 시선을 떼지 않은 채 나은강이 확신에 찬 목소리로 말했다.

"권재훈!"

기재 코치가 외쳤다. 생각할 겨를도 없이 나는 물속으로 뛰어들었다. 녀석이 떨어진 지점으로 헤엄쳐 가는데 기포가 일더니 녀석이 물 밖으로 모습을 드러냈다.

"괜찮나?"

녀석을 부축하려고 팔을 뻗었다. 당연히 내게 몸을 기대올 것이라는 예상이 깨졌다. 권재훈이 내 손길을 거부했다.

"오바 떨지 마."

부축하려는 내 팔을 뿌리치고 날 투명 인간 취급했다. 물살을 헤치고 물 밖으로 나가는 권재훈이 낯설었다. 다이빙풀

가장자리에서 나은강이 고개를 절레절레 저었다. 아무것도 모
르는 기재 코치는 호루라기를 불며 내게 소리쳤다.

"안 나와? 박풍덩, 빨리 안 올라가?"

10미터 위로 올라가는 발걸음이 천근 같았다. 개구리에게
도 물이 즐겁지 않을 때가 있을까 궁금해졌다.

아침에 만나

여기저기서 들려오는 새소리만 제외한다면 뒷산은 고요했다. 동이 트기 시작했고 나뭇가지 사이로 비쳐드는 아침 햇살에 나은강이 입을 벌리고 감탄했다.

"너, 여기서 비밀 병기가 되었구나?"

"비밀 병기는 무슨. 어쩌다 끌려와서 삽질 중이야."

"야, 박무원. 어쩌다 끌려왔다고는 하지만 결국 여기 오려면 네 의지와 발길이 닿아야 가능한 거 아니니? 남몰래 네가 개인 훈련에 얼마나 목숨 걸고 있는지 난 다 안다. 네가 실실 거리고 웃으면서 혼자 얼마나 애를 쓰는지 말이야."

우리 집 경제력이 괜찮았다면 최고급 헬스장에서 개인 코치와 함께 체력 훈련을 했을 일이었다. 아빠가 다이빙에 별다른 관심이 없었다면 겪지 않아도 될 특훈이었다. 그러나 원치도 않는 삼박자가 착착 맞아떨어져서 나는 동네 뒷산에 오르게 되었다. 평일 내내 훈련에 시달렸는데도 주말에 마음 놓고 쉴 수조차 없다니 이게 무슨 운명인지. 무심코 하소연을 했다가 따라붙은 나은강 때문에 더 귀찮아졌다.

"너, 치사하다. 이렇게 좋은 곳에 혼자 오냐? 나한테 같이 가자고 했어야지."

"그러게."

정작 같이 가자고 권했던 권재훈은 오지 않고 나은강이 따라왔다. 방학 첫날인데 뭐 하냐는 메시지에 아무 생각 없이 '뒷산'이라고 답한 탓이었다.

"재훈이는 아직도 쉼어?"

상쾌했던 공기가 무겁게 가슴을 누르는 것처럼 느껴졌다. 나는 대답하지 않고 약수를 들이켰다. 빨간 바가지에 약수를 가득 받아 나은강에게 건넸다. 쉬지 않고 약수를 들이켠 나은강이 눈을 동그랗게 뜨더니 엄지를 내밀었다.

몇 분 사이에 주위가 대낮처럼 밝아졌다. 고요했던 산속이 활기차게 변했다. 뒷산 약수터에 터줏대감 어르신들이 등장한 까닭이었다.

"어이쿠야, 우리 박 선수! 아빠 없이 혼자? 엥, 아니네? 여자친구랑?"

기창 할아버지는 상상력이 뛰어난 분이었다. 처음 만나는 사람을 보고도 그 사람이 어떤 인생을 살았고 지금 왜 산에 올랐는지를 알아서 마음대로 시나리오를 읊어댔다. 가만히 듣고 있으면 '진짜인가?' 착각이 들 정도로 기창 할아버지의 입담은 대단했다.

"안녕하세요? 무원이 친구 나은강입니다."

"그냥 친구?"

"네, 다이빙 친구요."

다이빙이란 말에 기창 할아버지가 눈을 번쩍 떴다.

"다이빙 심사 기준은 선수의 안정성과 높이, 공중 자세, 입수 자세, 각도, 물보라의 크기 등을 보지."

트로트 가사 읊듯이 박자에 맞춰 술술 내뱉는 기창 할아버지를 보고 나은강은 놀란 눈치였다. 섣불리 입을 벌리는 애가 아닌데 입까지 벌리고 기창 할아버지를 쳐다보았다. 넋 놓을 정도로 놀랄 일도 아니고 인터넷만 찾아보면 나오는 내용인데도 나은강은 기창 할아버지의 설명이 끝나자 손뼉을 쳤다.

"오, 대단하세요."

"에이, 무슨. 우리 선수님들이 대단하지. 나 선수도 올림픽 나가야지?"

"저요? 아아, 훨씬 더 많이 연습해야 해요. 제가 요즘 실력이 많이 모자라거든요."

나은강의 대답이 마음에 들었는지 기창 할아버지가 요란

한 웃음소리를 냈다. 으허허허, 하는 웃음소리에 맞춰 어깨까지 들썩였다. 엇박자였다. 급발진한 기창 할아버지의 웃음에 당황하는 듯하더니 나은강도 따라 웃었다. 중독성이 있는 웃음이었다. 기창 할아버지가 웃으면 이상하게 주위 사람들 모두가 하나둘 따라 웃게 되었다.

"나는 어릴 때 우리 마을을 가로지르는 강에서 친구들이랑 깨벗고 곧잘 놀았지. 헌데 겁이 많아서 바위에 기어 올라가 뛰어내리진 못했어. 그것도 전쟁 터지기 전이지만."

처음 듣는 이야기에 평행봉을 잡았던 손을 슬그머니 놓았다. 뒷산 훈련의 비밀을 알아내겠다고 호기롭게 따라나선 나은강마저 기창 할아버지 곁으로 다가갔다. 약수터에 자리한 작은 원두막 비슷한 정자에 자리를 잡고 앉았다.

"할아버지, 전쟁도 치르셨어요?"

"당연한 것 아닌가, 박 선수. 내가 지금 나이가 몇인데?"

연세를 물은 적이 없으니 알 리 만무했는데 기창 할아버지는 당신 나이도 모르냐며 면박을 줬다. 모르는 이가 듣는다면 손자가 제 할아버지 나이도 모르는 줄 알겠다. 암산을 재빨리 마친 나은강이 기창 할아버지의 나이를 대충 손가락으로 알려 줬다. 분명 나은강이 당신의 나이를 손으로 표시하는 것을 눈치채고도 기창 할아버지는 헛기침하며 애써 못 본 척했다.

"우와, 할아버지! 진짜 젊어 보이세요. 말씀 안 하셨으면

6·25전쟁 치르신 줄 절대 몰랐을 거예요, 진심!"

"허허, 그런가?"

"당연하죠. 할아버지께서 이 나라를 지켜주셔서 무원이랑 제가 지금 이렇게 다이빙도 할 수 있는 거죠."

왜 나은강이 감독님, 코치님을 비롯한 어른들에게 인기가 많은지 알 수 있는 순간이었다. 훈련이 아무리 힘들어도 불평하거나 울기보다 웃는 것을 선택하는 애가 나은강이었다. 힘들다는 투정 대신 혼자 속으로 끙끙 앓을 애가 나은강이었다. 하긴 그런 나은강이었으니까 훈련에 무단결석하고도 살아남았지.

기창 할아버지가 가방에서 뭔가를 꺼냈다. 할아버지와 한 몸처럼 붙어 다니는 가방이었다. 얼마나 오래된 물건인지 가장자리가 뜯어져 있었다. 혹시 물건이 새어 나올까 봐 옷핀으로 고정한 볼품없는 모양새가 인상적인 가방이었다.

"손수 따주고 싶지만, 박 선수가 직접 해. 내가 사실 손이 불편해. 전쟁 통에 날렸거든."

가방에서 나온 것은 박카스 두 병이었다. 유리병 표면이 차가웠다. 뚜껑을 따서 나은강에게 건넸다. 내 것도 열어 한 모금 마시려는데 그만 사레가 걸리고 말았다.

"할아버지, 먼저 드세요."

나은강이 제 몫으로 받은 박카스를 기창 할아버지에게 다시 건넸다. 박카스 뚜껑을 열자마자 입으로 가져간 나 자신이 몹시 무례한 인간처럼 느껴졌다. 그러고 보니 기창 할아버지는 언제나 긴소매 차림이었다. 겨울이야 상관없겠지만 한여름에 긴소매 차림은 무척 더워 보였다. 땀이 아무리 흘러도 옷소매를 걷어붙이는 모습은 본 적이 없었다.

"난 마신 셈 쳐. 우리 올림픽 선수들 먹고 힘내라고 주는 거니까."

"그래도 할아버지께서 먼저 시원하게 드셔야 저희도 맛있게 마시지요."

아, 나은강! 막강하다. 그러나 기창 할아버지의 고집도 만만치 않았다. 결국 나은강이 졌다. 웬만한 경쟁에서 지는 법이 없는 나은강이 기창 할아버지를 상대로 1패를 기록했다. 어쩐지 흐뭇한 패배였다.

"내가 나라를 구한 건 신의 한 수였지. 우리 박 선수랑 나 선수를 만나서 이렇게 응원할 수 있으니까 말이야."

사뭇 자랑스러운 표정을 짓는 기창 할아버지가 가깝게 느껴졌다. 할아버지는 나은강이 음료수를 들이켜는 모습을 흐뭇하게 지켜봤다. 그 표정을 보니 나와 나은강을 두고 '선수'라고 호칭을 붙여주는 마음이 진심인 게 분명했다. 솔직히 이제까지 나에게 '박 선수'라고 부르는 것이 할아버지의 장난이라고 여겼다.

"그때 낙동강에서 놈들에게 밀렸어 봐. 박 선수는 다이빙이고 나발이고 없는 거야."

이제야 기창 할아버지의 비밀을 알게 되었다. 낙동강 전투를 치렀다는 말에 울컥한 나은강이 기창 할아버지의 손을 덥석 잡았다. 나와 달리 역사에 관심이 많은 나은강은 눈앞의 할아버지가 치열했던 낙동강 전투의 산증인이라며 울컥했다. 손녀뻘의 나은강에게 기창 할아버지 역시 감동했는지 나은강이 잡은 당신의 손이 잘 보이게 낡은 옷소매를 걷어 올렸다.

"아······."

나는 바보같이 내뱉지 말아야 할 소리를 내고 말았다. 최악의 반응이었다. 기창 할아버지의 비밀을 직시했다. 의수였다.

"할아버지, 많이 아프시죠?"

나은강이 기창 할아버지의 의수를 천천히 매만졌다. 그러자 기창 할아버지는 더 환하게, 더 활기찬 소리로 웃었다. 껄, 껄, 껄. 하지만 나는 그 소리가 흐느낌 같아서 외면했다. 괜히 뒤편에 덩그러니 놓인 가방의 뜯어진 솔기만 눈이 아리도록 노려보았다.

"그날 진짜 열심히 싸우길 잘했어, 내가. 이렇게 훌륭한 다이빙 선수들을 알게 되었으니 말이야."

돌림노래 같은 기창 할아버지의 말이 오늘은 가볍게 들리지 않았다. 한없이 무겁고 묵직한 울림이 되었다. 나중에 내가 정말 올림픽에 출전해서 인터뷰한다면 기창 할아버지가 건넨 박카스 한 병에 대한 감사 인사를 꼭 전해야겠다고 다짐했다.

산에서 내려오는 내내 나은강은 기창 할아버지 이야기만 했다. 역사 속의 인물을 만났다며 흥분했다. 리스펙이란 단어를 몇 번이나 내뱉었는지 세다가 말 정도였다.

"할아버지가 '나 선수'라고 불러줄 때 괜히 가슴이 막 뛰더라. 넌 안 그래?"

"글쎄……. 가슴은 늘 뛰지. 뛰었나?"

솔직히 잘 모르겠다. 자발적으로 뒷산에 오른 것도 아니었고 어쩌다 만난 어르신인 데다 아무것도 아닌 내게 '박 선수'라고 깍듯한 호칭으로 불러주는 것도 어쩐지 놀림처럼 느껴졌던 게 사실이었으니까.

약수터에 처음 방문한 다른 어르신들에게 "어허, 그 평행봉은 박 선수 전용일세. 박 선수 오면 무조건 손 떼시게"라며 기창 할아버지가 큰소리칠 때면 쥐구멍에 숨고 싶었다. 그러나 딱 한순간, 웨이트를 마치고 산에서 내려가려고 인사드리면 웃는 눈으로 "애썼네"라며 내 어깨를 두어 번 툭툭 치는 손길은 늘 고마웠다. 오늘 그 손의 의미가 새롭게 다가왔다.

"할아버지가 우리도 용기 있는 삶을 살고 있다고 말해주셨을 때, 나 울컥했다."

기창 할아버지가 달변가일 줄은 꿈에도 몰랐다. 낙동강 전
투 이야기를 듣던 나은강이 기창 할아버지의 용기가 부럽다
고, 대단하다고 박수를 쳤다. 안 듣는 척하며 평행봉에 매달려
물구나무를 섰지만 나 역시 목숨을 걸고 전투에 임하는 기창
할아버지의 젊은 날을 떠올리자 온몸에 소름이 돋았다. 전쟁
과 직면한다는 것이 어떤 것일지 상상조차 할 수 없지만 세상
이 거꾸로 뒤집힌 느낌이 아닐까. 나로서는 엄두도 못 낼 용기
였다. 그러나 기창 할아버지는 아무것도 아니었다는 듯 호기
롭게 웃기만 할 뿐이었다.

"대단할 것 없어요. 우리 모두 용기 있는 것이지. 산다는
건 용기가 있어야 가능한 일이야. 제각각 생김새가 다르듯이
우리에겐 각자한테 어울리는 용기가 있지."

내가 알던 기창 할아버지가 완전히 딴사람이 된 것 같았
다. 기창 할아버지가 전한 삶의 용기가 무엇인지 오랫동안 곱
씹어 보고 싶었다.

"박무원. 나도 아주 조금은 비밀 병기가 된 기분이다."

나은강이 이렇게 수다스러웠나. 가만히 보니 발걸음도 유
달리 가벼워 보였다. 산에서 내려오는 내내 몇 번이나 제자리
뛰기를 하며 깡총거렸다.

"비밀 병기, 그렇게 쉽게 되는 거 아니다."

"그럼 또 뭐가 있어?"

눈을 동그랗게 뜨고 내 얼굴을 빤히 쳐다보는 시선에 괜스레 얼굴이 뜨거워지는 기분이었다. 나는 고갯짓으로 따라오라는 시늉을 했다. 기적의 편의점을 지나칠 수는 없는 법!

"영양 보충?"

"뒷산 훈련 뒤풀이지."

편의점으로 들어가자마자 내 눈을 의심했다. 니양이가 출입문 앞 테이블에서 우리를 맞이했다. 가늘고 긴, 그러나 처음 발견했을 때보다 훨씬 큰 소리로 울어댔다. 제법 살도 오르고 털에 윤기도 흘렀다.

"니야오옹."

"어서 오세……요."

구본희가 날 보고 인사하려다 마는가 싶었는데 내 뒤에 나은강을 보더니 제대로 마무리 지었다.

"얘, 이런 식으로 밥벌이해?"

"그럼 내가 공짜로 먹이 주고 츄르 줄 줄 알았냐?"

우리 둘의 대화에 나은강이 어쩔 줄 모르는 눈치였다. 어느 타이밍에서 아는 체를 해야 할지 갈등하는 게 보였다.

"고양이 너무 귀엽다. 야옹."

나은강의 말에 구본희가 대놓고 피식거렸다. 무안한지 나은강이 내 발을 밟았다.

"무원이 맨발이라 아파요. 어? 손님도 맨발이시네."

안 보는 듯해도 구본희는 앞뒤, 옆구리, 심지어 뒤통수에도 눈이 달리지 않았을지 의심스러운 자였다.

"얜 우리 편의점 마스코트 니양이예요. 귀여우면 여기서 이것저것 많이 사주시면 됩니다."

니양이를 더 아늑한 장소에, 더 너그러우며 인간적인 집사에게 소개했어야 했는데 내 불찰이었다. 자본주의에 최적화된 인간 구본희에게 니양이를 건넸으니 누구를 탓하랴.

니양이가 귀여우면 편의점에서 가장 비싼 물건을 구매하라고 권하는 구본희의 말에 나은강은 재밌다고 야단이었다. 스스럼없는 나은강의 반응에 기분이 좋은지 구본희가 나은강에게 살갑게 내 흉을 봤다. 어쩌다가 나를 알게 되었냐, 맨발에 슬리퍼는 다이빙의 상징인 거냐, 기타 등등 궁금한 게 많기도 많았다.

나는 니양이 코에 손가락을 가만히 가져다 댔다. 조심스레 손가락 냄새를 맡더니 니양이가 제 이마를 내 손에 비볐다. 나를 기억하는 모양이었다. 감격스러웠다. 난 훈련 때문에 이 작은 친구를 까맣게 잊고 있었는데 말이다.

"저 악덕 알바 구 씨가 너 조끼값도 받았지, 그렇지? 내 말이 맞으면 야옹, 해."

니양이는 대답 대신 고개를 들어 나와 시선을 마주쳤다.

동그란 두 눈은 손님에 대한 신뢰감이 가득 차 빛났다.

'너는 기적의 편의점에 사는 기적의 고양이가 되었구나.'

어디서 구해다 입혔는지 모르겠지만 구본희와 똑같은 보라색 조끼에 명찰까지 달고 목에 노란 손수건까지 묶은 모습이 가히 정직원이라고 믿어도 될 만큼 완벽했다. 무엇보다 구본희가 물건을 정리하러 창고나 진열대 쪽으로 가면 니양이는 계산대에 의젓하게 앉아 출입구 쪽에서 시선을 떼지 않는 주인 정신을 선보였다.

"박무원, 뒤풀이로 뭐 먹어?"

나은강이 초콜릿 코너 앞에서 아몬드 초코볼을 손에서 놓지 못한 채 망설였다. 아마도 체중조절 때문에 갈등하고 있을 것이다. 창고에서 나타난 구본희가 우리 앞에 도시락과 딸기우유를 내려놓았다.

"오오, 언니. 소불고기 도시락 이거 제 최애예요!"

이상하다. 나은강의 최애는 〈늘 푸른 집〉 즉석 떡볶이 아니었나? 소불고기가 최애라는 소리를 들은 적이 없었다. 구본희가 날 향해 의미심장하게 이를 드러내며 미소를 지었다. 섬뜩했다.

"은강이는 진짜 무원이 절친이구나."

"일부러 비싼 거 골라왔지? 소불고기…… 이거 한우야?"

볼멘소리로 따져 묻는 내게 구본희가 기적 같은 소리를

했다.

"내가 쏘는 거야. 너 곧 실전 테스트 있다며? 꼭 1등 해라. 앞으로 치고 나가서 전국체전도 휩쓸고, 올림픽도 나가서 반드시 연금 타라!"

니양이가 울었다. 그런데 울음소리가 꼭 비웃는 것처럼 들렸다. 손바닥을 내밀었더니 니양이가 제 머리를 내 손바닥에 부딪혔다. 파이팅 하란 건가?

"언니, 저도 이 도시락 공짜로 먹으면…… 연금, 타와요?"

구본희가 나은강에게 딸기우유를 안겨줬다. 빨대까지 정성스레 꽂아서 말이다.

"넌 무원이랑 달리 눈치가 빠르구나. 당연하지, 내 사전에 공짜는 없다."

구본희의 헛소리에 고개까지 끄덕이는 건 뭐지? 나은강이 이렇게 호락호락한 애가 아닌데…….

"먹고 가. 나 근무 시간이라 더 떠들면 양심상 일당 깎아야 해."

철저한 구본희다웠다. 돈벌이도 소중하지만 그러려면 근무 시간 또한 확실하게 지켜야 한다는 철칙을 갖고 있었다. 예전에 멋도 모르고 본인 가게도 아닌데 적당히 하라고 했다가 귀가 닳아서 사라질 만큼 원색적인 욕을 먹었다. 세상에 존재하는 욕이란 욕은 전부 들었다. 특히 정신상태가 글렀다는 말은 가히 충격적이었다. 가게 주인이 누구든 일을 맡은 이상 이 일의 주인은 나 자신이니 최선을 다해야 한다는 말 앞에서 나는 잔뜩 쪼그라들었다. 말 한마디 잘못했다가 사기꾼이 된 기분이었다.

구석 테이블 앞에 서서 창밖을 바라보았다. 소불고기 도시락 뚜껑을 열면서 나은강이 속삭였다.

"박무원. 저 언니도 기창 할아버지 말씀처럼 되게 용기 있게 산다, 그렇지? 저 언니, 완전 찐이야."

왠지 대답해 주기 싫어서 밥을 최대한 크게 떠서 입 안으로 밀어 넣었다. 흑미밥의 고소한 풍미가 내 영혼을 살찌웠다. 젓가락으로 소불고기 한 점을 집어 들고 결심했다.

'나도 용기 있게, 찐으로 다이빙할 테다.'

슬리퍼 앞쪽으로 삐쭉 나온 엄지발가락이 간질거렸다.

하루 종일 물속으로 뛰어내리고 허우적거리고 기어 나와 또 뛰어내리고 허우적거리기를 반복하다 보면 나에게 뇌는 불필요한 것처럼 느껴진다. 무섭다, 힘들다, 이러쿵저러쿵 떠올릴 겨를도 없이 같은 동작을 반복하다 보면 생각할 뇌보다 다이빙 기술의 모든 것을 기억하고 있는 근육이 훨씬 쓸모 있을 뿐.

"그만!"

감독님의 손짓에 기재 코치가 동작 그만을 외쳤다. 미리 통지를 받았지만 실전 테스트는 모두를 긴장 상태로 만들기에 충분했다. 하루에 수십 번을 다이빙대 위에서 아래로 뛰어내린다. 그럼에도 불구하고 늘 위태롭고 불안했다. 완벽한 연기를 선보이는 날이 있는가 하면 언제 그랬냐는 듯이 나락으로 떨어지는 날도 있었다. 어떤 게 진짜 나의 실력인지 다이빙대에서 발끝을 떨어뜨리는 순간에도 알 수가 없었다. 1.8초 만에 모든 것이 결정되는 경기는 강심장이 아니고서야 치를 수 없는 게 아닐까 하는 의구심에 사로잡혔다. 나는 새가슴인데 왜 이런 것을 하고 있는지…… 참 우습다.

"오늘 실전 테스트를 통해 전국체전 출전 최종 명단과 종목이 정해진다. 최선을 다해라."

최선을 다하지 않는 사람이 누가 있을까. 실전 테스트를 두고 기재 코치도 긴장하는 것일까. 안 하던 멘트를 날리는 것을 보니 내 느낌이 확실하다.

상자에 손을 넣었다. 제비뽑기로 뛸 순서를 정하는데 손이 떨려서 잡았던 쪽지를 놓쳤다. 먼저 잡았던 쪽지가 더 나은 번호가 아니었을까 걱정이 되었다.

"순서대로!"

줄을 서는데 권재훈이 내 앞에 섰다. 나는 언제나 권재훈 앞이었는데 오늘은 반대였다.

"주말에 나은강이랑 뒷산 갔는데……. 너도 오라니까 톡은 왜 자꾸 씹냐?"

권재훈은 묵묵부답이었다. 은근히 짜증이 났다. 이해하려고 해도 요즘 권재훈의 행동은 낯설었다. 이렇다 저렇다 말도 없고 그냥 사람을 투명 인간 취급하는 꼴이 날 무시하는 건가 싶어서 속이 부글부글 끓었다.

"야! 이젠 사람 앞에 두고도 무시하냐? 너, 왜 이래?"

끝끝내 권재훈은 날 무시했다. 눈도 마주치지 않고 대답도 하지 않았다. 경기를 앞두고 흥분은 금물인데 녀석 때문에 다 망쳤다. 스쳐 지나가려는 녀석의 팔을 잡았다.

"놔."

녀석이 딱 한마디만 했을 뿐인데 싸늘한 목소리는 많은 것을 내포하고 있었다. 놔, 남의 경기 망치고 싶냐? 놔, 이 경기 넌 상관없어? 놔, 나는 널 밀어내고 우승만 생각할 거다. 어느 것이 정답일지 모르겠지만 무엇이 됐든 내게 기분 좋은 대답은 존재하지 않았다.

실내에 권재훈이 호명됐다. 다이빙계의 기대주로 자랐고, 또래에서 올림픽 무대를 밟는 선수가 있다면 첫 번째는 권재훈일 것이라고 늘 가장 먼저 주목받는 녀석이었다. 우리 중에 제일 먼저 10미터를 뛴 녀석. 나는 다이빙대를 향해 계단을 오르는 권재훈을 올려보며 주먹을 쥐었다.

'항상 네가 1번이었지만 이번에는 내가 1번이 돼야겠다.'

더는 친구로 대하지 않겠다면 경쟁자로 남는 것을 선택하 겠다고 말이다. 플랫폼에 모습을 드러낸 녀석은 진지한 표정 으로 다이빙대 끝에 섰다. 구경하고 있는 모두의 숨이 하나가 되는 시간이었다. 넓은 다이빙장에 정적만이 흘렀다. 초시계 가 빠르게 넘어가고 있는데 녀석이 시도조차 하지 않고 서 있 었다. 뭔가 잘못되고 있다는 예감이 들었다.

'진입 동작이 기초야. 미친 새끼, 똑바로 시작하라고!'

권재훈이 물구나무를 섰다. 무게중심을 잡고 플랫폼 끝에 서 위태롭게 제 몸을 들어 올렸다. 저 높은 곳에서 두 어깨에 세상을 받치고 있는 느낌은 아마도 엄청나게 외로울 것이다. 뒷산 평행봉 위에서 혼자 거꾸로 세상을 받치고 있는 동안에 나도 외로웠으니까.

'뛰었다! 하나, 두울, 세……'

다이빙대를 밀어내는 힘이 부족했다. 그러나 권재훈은 권 재훈이었다. 공중 트위스트 동작은 더할 나위 없이 깔끔하고 아름다웠다. 이제 입수만 남았다. 노 스플래시…….

"아잇! 아깝다. 뒤로 넘어갔어. 감점 크겠는데?"

지켜보던 선배들이 수군거렸다. 기재 코치가 "니들이나 잘 해라!" 하고 고함쳤다. 믿고 있던 에이스 권재훈이 안타까웠 겠지.

순서가 돌아왔다. 나는 주먹을 꽉 움켜쥐고 10미터 위 세상으로 올라갔다. 지금 이 순간, 나의 목표는 '립 엔트리'. 수면을 깨끗이 찢고 물속으로 들어간다.

Up & Down

"같이 뛸 준비해."

감독님의 한마디에 삶이 리셋되는 꼴이었다. 지난번, 벌칙으로 권재훈이랑 같이 뛰라는 기재 코치의 말과는 그 무게가 완전히 달랐다.

실전 테스트 결과에 나는 물론이고 지켜본 모두가 놀랐다. 에이스 권재훈을 눌렀다. 뛰고 나서 전광판의 결과를 보고서도 뭐가 어떻게 된 것인지 어리둥절했다. 잠들기 전, 수없이 이미지 트레이닝을 한 결과였을까 싶었지만 단지 머릿속 상상만으로, 매번 실패를 맛봤던 기술을 실전에서 쉽게 성공할 것이라고 생각한 적이 없었기 때문이었다.

무슨 작전인지 알 길이 없었지만 감독님은 나와 권재훈에게 같이 뛰라고, 전국체전 전까지 완벽하게 준비하라고 통보

했다. 왜요? 어째서 같이 뛰어야 해요? 따위의 질문은 하지도 못했다. 질문을 한다고 한들 친절하게 답해줄 감독님이 아니었다.

감독님의 결정에 권재훈과 나는 한 팀이 되었다. 10미터 싱크로나이즈드를 뛰어야 하는 운명을 군소리 없이 받아들여야만 했다. 멍한 얼굴이 된 나에게 기재 코치가 건넨 말은 위로인지 수수께끼인지 애매모호했다.

"빅 픽처가 있으시겠지. 믿어, 너희 자신을."

교과서에 등장하는 위인이 내뱉을 법한 말이었다. 10미터 싱크로나이즈드라는 종목은 뛰라는 말 한마디로 쉽게 뛸 수 있는 종목이 절대 아니다. 두 사람이 10미터에서 한 몸처럼 한 호흡을 갖고 다이빙한다는 것은 그야말로 예술이었다.

나의 다이빙은 예술이었던 적이 없었다. 새로운 기술을 습득하고 아등바등해서 간신히 기술을 연마하며 셀 수 없이 깨지고 구르고 넘어졌다. 그러다 성공하면 기뻐서 날뛰다가 다음 날이면 다시 제로가 되어 의기소침해졌다. 별수 없이 연습에 연습을 반복하면서 기술 하나를 내 근육에 적응시켰다.

다이빙대에서 몸을 허공에 날릴 때면 호흡 하나 다스리기도 힘겨웠다. 연습한 만큼 몸이 머릿속 이미지대로 움직이지 않았고 아찔한 높이에서 몸을 날린다는 것 자체만으로도 두려웠다. 동작을 하기도 전에 진입 동작부터가 고난의 시작이었다.

"왜 꼭 같이 뛰어야 해요? 갑자기 이러시면, 하아……."

내 질문에 기재 코치의 미간이 일그러졌다.

"그걸 질문이라고 해? 너랑 권재훈만큼 한 호흡으로 움직일 수 있는 사람이 어디 있냐? 너흰 팀워크의 산 역사가 될 거다."

과연, 지금 우리의 상태를 알고 기재 코치가 이런 허황한 꿈을 꾸는 것인지 묻고 싶었다.

흔들리는 스프링보드에 올라서면 다리 힘을 조절하지 못하고 '무섭다'를 온몸으로 드러내는 내게 두려움을 극복하는 방법을 가르쳐준 사람은 기재 코치도, 선배들도 아닌 바로 권재훈이었다. 말수도 없는 녀석이 다이빙대로 향하는 내 곁을 스치듯 지나가면서 혼잣말처럼 중얼거렸던 적이 있었다. 내 귀에 똑똑히 들릴 정도의 그 말은 누가 들었어도 조언이었다.

"진입 동작이 기초야. 고개 들고 몸 똑바로 펴. 그럼 돼."

기적의 첫발을 나는 그렇게 뗐다. 녀석은 나에게 친구이자 롤 모델이었다. 10미터에 처음 발을 내딛게 된 날에 녀석은 잔뜩 긴장에서 바들거리는 나에게 아무렇지 않게 툭 한마디 던졌다.

"멀리 봐. 넌 이미 충분히 연습했어. 똑같아, 공중에 몸을 던진다는 건."

권재훈은 세상 모든 이치에 통달한 사람처럼 굴었다. 그 모습이 얄미워서 못되게 질문했다.

"넌 안 무섭냐? 안 쫄려?"

좀처럼 장난치지 않는 녀석이 물을 흠뻑 먹은 스포츠타월을 내 머리 위에 꾹 눌러 얹었다. 얼굴에 물이 흘러내렸다.

"왜 쪼냐? 죽는 것도 아닌데."

쿨내가 진동하는 대답이었다. 지나치게 딱 떨어지는 대답이라 정나미가 떨어지기도 했다. 그러나 뒤이은 녀석의 설명에 나는 명치가 저렸다.

"적응돼서 덜 무서운 거지. 두렵지 않은 다이빙은 이 세상에 없다."

진리였다. 연습에 연습을 거듭하는 것도 적응하기 위해서였다. 익숙해지도록 말이다. 수영을 하다가 다이빙으로 옮겨와 쉽지 않은 일들을 겪으며 속이 상해서 일기를 쓴 적이 있었다. 훈련 일지를 가장한 일기장이었다. 헤아릴 수 없는 푸념을 일기장에 매일매일 늘어놓았다. 그랬음에도 불구하고 기억에 남는 문장은 딱 하나였다.

'하루에 150번 이상 뛰어내릴 자신이 없다면 어떻게 되는 걸까?'

하루 100번도 쉽지 않았다. 늦게 시작했으니 하루에 100번은 부족하고 최소 150번은 뛰어야 하지 않을까, 라는 기재 코치의 농담 반, 진담 반 같은 혼잣말에 나는 몇 달을 전전긍긍했는지 모른다. 뒤늦게 출발한 평범한 나로서는 남들보다 두 배의 노력이 필요한 것은 사실이었다.

권재훈은 늘 묵묵히 다이빙대에 오르고 뛰어내렸다. 흡사 기계 같아서 재수 없다고, 정떨어진다고, 뒤에서 흉을 보는 녀석들도 종종 있었지만 어디까지나 질투였다. 자신들이 뛰어넘을 수 없는 실력에 대한 명백한 시기와 질투.

높이가 높아질수록 공포와 성취감이 비례했다. 공중 동작을 해내고 입수할 때면 팔꿈치 끝에서부터 올라오는 전율을 포기하지 못하고 계속되는 도전은 나를 온전하게 살게 했다. 살면서 실패해도 즐거운 일을 발견하기란 쉽지 않았는데 그런 의미에서 나는 이미 성공한 인생이었다. 나보다 앞장서서 걸으며 무심한 듯 자신만의 방법을 일러준 권재훈과 함께 뛴다는 현실에 마음이 설렜다.

"너흰 친하니까 더 빨리 적응할 수 있을 거다. 일단 한번 뛰어볼까?"

기재 코치가 다짜고짜 녀석과 나를 플랫폼 위로 밀어 올렸다. 내 앞에 서서 계단을 오르는 녀석의 뒷모습을 주시했다.

'습관인가?'

왼쪽 어깨를 뒤로 밀어냈다. 멈칫하다가 또다시 왼쪽 어깨를 미세하게 으쓱거리는 권재훈의 행동은 일반적이지 않았다.

"야, 권재훈. 너 왼쪽 어깨 불편해?"

"신경 꺼."

"무슨 말을 그 따위로……."

침착하자. 오히려 좋다. 아직 플랫폼에 서지 않았으니까. 마음을 다스릴 시간이 있었다. 울컥하는 마음으로 뛰었다간 첫 싱크로 다이빙을 망칠 가능성이 농후했다. 숨을 몰아쉬며 벌떡대고 뛰는 심박수를 천천히 끌어 내렸다.

꼭대기에 도착했다. 늘 혼자 섰던 곳에 오늘은 권재훈과 함께인데 오히려 혼자일 때보다 못한 기분이었다. 싸늘하다 못해 어색한 기운에 아무 말이나 떠들어야 했다.

"아, 떡볶이 땡긴다. 훈련 마치고 늘 푸른 집 가면 딱인데."

"야, 박무원. 여기 서 있는 순간부터 이미 경기 시작됐어."

따끔한 질책이었다. 부아가 났지만 틀린 말은 아니었기에 입을 꾹 다물었다. 구령조차 맞추지 않고 다이빙대 끝을 향해 걸어갔다. 권재훈이 먼저 발을 뗐다. 눈치껏 권재훈의 박자에 맞춰 나아갔다. 기재 코치가 우리에게 원한 건 진입 동작부터 점프까지 하나가 되는 것이었다. 오른발, 왼발, 오른발……. 다이빙대 끝에 서서 백다이브를 시도했다.

"셋, 뛰어!"

호흡을 고르고 있는데 녀석이 갑자기 외쳤다. 얼떨결에 점프했다. 다이빙대를 밀어내는 발끝에 힘이 모자랐다. 도약은

했지만 곁눈질하니 공중에 뜬 높이가 달랐다. 망했다.

풍덩! 물 밖으로 머리를 내밀자마자 권재훈의 욕설이 귀를 때렸다.

"씨발! 동시에 맞추라고! 이게 장난이냐고!"

녀석의 급발진에 어처구니가 없었다. 귀신이라도 씌었나 착각할 정도로 평소 모습이 아니었다. 우리는 한 팀이지만 둘이었다. 그리고 함께 호흡을 맞춘 것은 오늘이 처음이었다. 그런데 누가 누구를 탓한단 말인가!

열이 머리끝까지 솟구쳤다.

"지금 내 탓을 하는 거야? 그러는 넌 완벽했어?"

"······."

이 타이밍에서 권재훈이 치고 나왔어야만 했다. 자기 기술에 늘 확신에 차 있는 녀석이라면 내게 야멸차게 쏘아붙였어야 정상이었다. 하지만 녀석은 매섭게 날 쏘아보고 돌아섰다.

"아이 씨! 내가 먼저 돌아설걸."

물속에서 욕지거리를 내뱉는 바람에 입 안으로 소독약 냄새가 쏟아졌다. 속이 메슥거렸다.

내 손에 츄르가 없다는 것을 알아채자 니양이는 망설이지 않고 돌아섰다. 매섭기가 권재훈과 똑같다. 생명의 은인을 이렇게 대하다니······. 얄미워서 딱밤을 때리려고 자세를 잡다가 구본희한테 걸렸다.

"너, 뭐 하나?"

"얄밉잖아. 니양이 은인이 누군데. 내 덕분에 여기에 취직도 했구만. 츄르 없다고 싹 안면몰수해? 나, 섭섭해."

권재훈에게 서운한 마음을 니양이에게 풀고 있었다. 내가 생각해도 내 행동이 유치찬란해서 정나미가 떨어지려고 했다. 속으로 '못난 놈'을 외치고 있는데 구본희가 딸기우유를 내밀었다.

"박무원, 오늘 기분이 바닥이구나."

단박에 내 기분을 알아차리는 구본희가 반가웠다. 우리 부모님도 내가 입 다물고 있으면 내 기분을 알지 못하는데 피 한 방울 안 섞인 구본희는 별걸 다 파악했다. 혹시 구본희…… 사주팔자라도 보나?

"에너지가 넘치면 박무원은 항상 소불고기 도시락을 골라. 예외 없지. 그런데 박무원이 소불고기 도시락을 안 잡았다? 그건 무슨 일이 있는 거지. 식욕을 떨어뜨릴 정도의 일이 박무원 일상에 몇이나 되겠어?"

아, 구본희는 무서운 누나네. 구본희가 내 가슴팍에 소불고기 도시락을 안겨주었다. 따뜻하지도 않은 도시락을 가슴에 안고 있는데도 위로받는 기분이 들었다.

1년 365일 맨발에 슬리퍼를 신고 다녔어도 발이 시리지 않왔는데 편의점으로 오는 길 내내 발이 떨어질 것처럼 시렸다.

나를 보는 권재훈의 시선은 낯설었다. 내가 알지 못하고 본 적도 없고 읽어낼 수도 없는 눈빛이었다. 나은강 말대로 녀석에게 슬럼프가 온 것일까? 만약 그렇다면 왜 친구인 나에게 말하지 않았을까? 섣불리 예측할 수 없었다. 나는 권재훈이 아닌 데다 녀석처럼 유망주도, 모두의 선망을 받는 선수도 아니었으니까.

니양이가 유망주가 아닌 내 처지를 가련하게 생각했는지 슬리퍼 밖으로 삐죽 나온 내 발가락을 핥았다. 발가락에 힘을 꽉 주었더니 니양이가 잠시 움찔거리고는 가만히 발가락을 주시했다. 포기하고 돌아가려나 싶었는데 니양이는 작은 앞발로 내 발가락을 꾹 누르더니 다시 핥기 시작했다.

"근데 누구야? 누가 내 올림픽 영웅한테 시비를 걸어? 너, 절대 기죽지 마. 네 앞엔 내가 있어."

분명 감동이 차고 넘치는 말인데 문장이 어딘가 이상했다.

"네 뒤엔 내가 있어, 아니야?"

구본희가 대놓고 혀를 찼다. 올라왔던 기분이 다시 바닥을 치려고 꿈틀거렸다.

"입이 비뚤어져도 말은 바로 해라. 내가 어떻게 네 뒤에 있냐? 난 앞서는 걸 좋아하는 사람이야. 그리고 내가 나이를 먹어도 너보다 더 먹었는데 당연히 앞에 서서 평지풍파는 막아

줘야 사람의 도리지."

놀라운 논리력이다. 머릿속에 구본희는 내 앞, 이란 공식이 각인됐다. 앞으로 다가올 세상에 두려울 것이라고는 1도 없을 것이다.

나는 권재훈과 함께한 첫 훈련에 대해 주절댔다. 구본희는 권재훈이 누구인지 몰랐고 알고 싶어 하지도 않았지만 "으흠" 하고 추임새까지 넣어가며 열심히 들어주었다. 녀석이 내게 '씨발'이라고 욕지거리를 했다는 사실은 비밀로 했다. 녀석의 진심이 아니었을 거라고 확신했으니까 말이다. 욕까지 얻어먹었다고 했다간 구본희 성격에 나를 위로하기는커녕 등신이라고 비아냥거릴 게 뻔했다.

소불고기 도시락 뚜껑을 만지작거리는 나에게 구본희가 젓가락을 건넸다.

"익숙해지는 게 가장 무서운 거야. 그러다가 실수, 아차, 그리고 끝."

끝이란 말에 눈앞이 캄캄해지는 듯했다. 권재훈과 나의 앞길이 끝이라는 소리로 들렸다.

"아차, 하고 나면 바로 끝이야? 재고할 필요도 없이 달랑 끄읕?"

끝이란 말이 이토록 절망적으로 느껴질 줄이야! 인간관계도 그렇게 손쉽게 끝날 수 있을까. 무의식중에 힘이 들어갔는지 젓가락이 부러졌다. 니양이가 경고하듯 울었다. 슬리퍼를 작은 앞발로 툭 치고 달아났다. 달아나 봤자 계산대 뒤였지만.

"네가 포기하지 않는다면 절대로 그냥 끝날 리가 없지. 그래서 박무원은 어떻게 할 건데? 포기야, 고고씽이야?"

발바닥이 예민해질 필요가 있었다. 처음 들었을 때 어처구니없다고 생각했는데 맨발로 자극점을 찾아 마사지 볼을 굴리게 될 줄은 상상도 못했다. 그런데 어느 순간부터 매일 밤 자기 전에 침대에 앉아 마사지 볼을 굴린다. 발바닥이 예민해질수록 다이빙대를 잘 느낄 수 있고, 잘 느낄수록 다이빙대를 밀고 공중으로 솟구치는 힘을 더 얻을 수 있다고 가르쳐준 사람은 다름 아닌 권재훈이었다.

녀석은 나에게 많은 것을 알려줬고 공유했다. 이번에는 내차례였다. 그깟 욕지거리 몇 번이고 할 테면 해라! 욕을 많이먹으면 오래 산다는데 장수 만세는 따놨으니 그 오랜 삶 속에서 나는 녀석의 좋은 동료이자 좋은 친구로 남겠다. 필시 권재훈을 되찾겠다.

잔치가 벌어졌다. 삼겹살도 아니고 벌집 오겹살이 밥상에올라왔으니 잔치가 분명했다. 누가 축하받을 일이라도 생긴건가. 머리를 굴렸지만 딱히 떠오르는 대상이 없었다.

"이게 다 뭐예요?"

"오겹살. 손 씻고 앉아."

엄마는 상추와 깻잎을 씻느라 정신이 없었다. 채솟값이 금 값이라고 푸념하는 것도 잊지 않았다. 고깃값이 오르면 그게 걱정, 채솟값이 오르면 그게 걱정, 설탕과 밀가루 가격이 오르 면 그게 또 걱정이었다. 엄마의 인생을 가만히 들여다보면 작 은 걱정과 더 큰 걱정의 연속이었다.

걱정이 많으면 암에 걸린다는 말을 어디서 주워듣고 와서 "걱정이야"라는 엄마의 푸념에 나는 목을 놓아 울었던 적이 있었다. 초등학교 1학년 때쯤이었던 것 같다. 엄마 입에서 흘 러나온 걱정이란 단어에 엄마가 당장 암에 걸리기라도 한 듯 이 오열했다. 세월이 흐르고 엄마는 여전히 걱정이란 말을 떨 치지 못했지만 적어도 나는 엄마의 걱정 리스트에 내 문제까 지 보태지 않으려고 안간힘을 썼다. 말은 이렇게 하지만 엄마 가 내 문제로 걱정하지 않았던 적이 있는지 물은 기억이 없으 니 엄마의 속내를 알 길은 없다고 봐야 했다.

아빠가 안방에서 나와 식탁 앞에 앉았다. 이른 퇴근이었다. 도시 외곽에서 작은 박스 공장을 운영하는 아빠에게 워라밸은 사치였다. 동이 트기 전에 나가 달이 떠야만 귀가하는 게 아빠 의 일상이었다. 달 보고 나가서 달 보고 귀가하는 일상이란 점 에서 나와 비슷한 삶이었다. 아빠는 공장의 박스 더미에서 다람쥐 쳇바퀴 돌 듯이 움직였고 나는 다이빙대를 중심으로 맴돌았다.

"박스 공장, 접는다."

"커걱."

분명히 "네에?"라고 물으려고 했는데 사레가 걸렸다. 그러나 아빠는 내 뜻을 완벽하게 이해했는지 물컵을 건네며 희미하게 미소를 짓다가 말았다. 웃는 것 같기도 했고 울려는 것 같기도 했으며, 웃으려고 했으나 머쓱해서 표정이 애매하게 일그러진 것 같기도 했다.

해오던 일을 접는데 이렇게 명료하고 짧은 말로 전달할 수도 있는 건가 싶었다. 경제적으로도 예전과 같지 않을 수 있다는 의미인데 잔치를 벌일 만큼 흥이 날 일인가. 우리 집은 한마디로 균형이 안 맞는 집이었다. 아빠는 1년 내내 'up' 되어 있는 사람이고 엄마는 'down'에 가까운, 낮게 깔린 평행선 같은 사람이었다.

"그럼…… 우리는 어떻게 돼요?"

엄마가 바삭하게 구운 고기 접시를 내 쪽으로 밀어주며 담담한 목소리로 상황을 설명했다. 내 속이 바삭하게 부스러지고 있었다.

"그냥 사는 거지."

"하, 집이 망했는데?"

망했다는 소리에 두 분이 동시에 나를 빤히 쳐다보았다. 굉장히 부담스러운 눈길이었다. 미운 말 한 놈 떡 하나 더 준다는 심정인지 아빠가 내 밥그릇 위에 노릇하게 구운 오겹살 두 점을 꾹꾹 눌러주었다.

"박스 접듯이 공장을 접은 거야. 망한 것이랑은 다르지. 그러니까 무원이 넌 하던 대로 다이빙 열심히 하고, 엄마는 집안일 하고, 나는 박스 대신 다른 일을 알아보면 되는 거지."

아빠 말을 듣고 있으면 인생사 별것 아니다. 숨만 붙어 있으면 인생이 자동으로 잘 굴러갈 것이라는 믿음이 생길 정도였다. 하마터면 나도 홀릴 뻔했다. 눈앞이 캄캄한 게 아니라 내 인생에 불이 붙은 것처럼 빨갰다.

"집이 이런데 내가 어떻게 마음 편히 운동해요?"

어쩌자고 이런 소리가 튀어나왔는지 미칠 노릇이었다. 엄마가 고기 접시를 아빠 쪽으로 밀었다.

"누가 너보고 마음 편히 운동하래? 이제부턴 마음, 아주, 불편하게, 운동해."

본격적으로 운동을 시작하고 이래라저래라 훈수를 절대 두지 않던 엄마였다. 그런 엄마가 무미건조한 음성으로 마음 불편하게 운동하라고 주문했다. 나는 청력에 문제가 생긴 줄 알았다.

"너, 눈치 없다. 아빠가 너 헬스장 피티 끊고 뒷산 데려갈 때 눈치챘어야 하는 거 아니니?"

뼈를 때리는 말이었다.

"여보오."

아빠가 엄마를 나무랐지만 엄마는 신경조차 쓰지 않고 상추쌈을 만들었고 아빠는 웃는 낯이었다. 아빠 눈가에 접힌 주름은 잘 접힌 상자를 켜켜이 쌓아놓은 것을 연상케 해서 왠지 모르게 울컥하는 기분이 들었다.

"걱정할 건 없다. 뒷산 훈련은 계속하면 되고……. 늘 하던 대로 하면 된다."

반문할 거리를 찾지 못했다. 눈동자만 이리저리 굴렸다. 바구니에 담긴 깻잎 줄기를 눈으로 따라 그리고 있는데 아빠가 쐐기를 박았다.

"집안을 일으킬 우리 아들. 전국체전에서 성과도 내고 국대도 돼서 가슴팍에 태극기 달고 올림픽 나가라. 그래야 우리 집이 산다."

이건 나라를 다시 세우는 일이다. 무너진 세상을 내 두 어깨로 번쩍 들어 올리라는 말과 같았다. 밥을 먹다 말고 손목을 천천히 돌려봤다. 툭하면 고장 나는 손목이 신경 쓰이지 않다면 거짓말이었다.

"손목이 부러져도 열심히 해. 이젠 그래야 할 때야."

엄마가 변했다. "어머머, 그게 뭐니?" 하는 엄마의 목소리를 앞으로는 듣게 될 일이 없을 것 같아서 괜히 서운했다. 그런 내 마음을 엿보기라도 했는지 아빠가 쌈장을 듬뿍 찍은 오겹살을 내 입 앞에 들이밀었다. 많이 짰다.

트램펄린은 돈 주고 할 때가 가장 즐거운 것이다. 공짜로 트램펄린 위를 뛰게 되면서부터 내 유년의 즐거움은 영원히 굿바이였다.

트램펄린 훈련은 고됐다. 머릿속으로 시뮬레이션을 수십 번씩 돌려봤자 막상 공중 동작에 들어가면 뜻대로 몸이 따라오지 않았다. 감독님은 도대체 무슨 의도로 권재훈과 나를 한 세트로 묶을 생각을 했는지 그 창의력에 경의를 표하고 싶을 정도였다. 특히 며칠 전에 우리 둘의 동작을 보고 감독님이 남긴 말은 다이빙 역사에 길이 남을 코미디였다.

"이노무 자슥들! 꽈배기처럼 한 몸이 되란 말이야. 그걸 못해?"

두 손을 맞잡고 두 다리를 붙인 채 몸을 비틀어 꼬는 감독님의 과장된 포즈에 여기저기서 웃음을 참느라 야단이었다. 꽈배기가 되어야 한다는 비유도 어이가 없었지만 '꽈배기=한 몸'이라니. 꽈배기는 태생부터 밀가루 반죽 한 덩어리가 아니었나?

권재훈의 얼굴이 새빨개졌다. 녀석을 알고 난 후 이렇게 빨갛게 변한 얼굴을 본 적이 없었다. 그럴 법도 한 것이 녀석의 별명이 에이스에서 졸지에 꽈배기 커플로 둔갑했다. 가볍게 웃어넘긴 나와 달리 권재훈에게 꽈배기는 모멸감의 상징이 되었나 보다.

"하나, 두울, 셋, 하고 뛰어. 구령과 호흡을 맞추는 게 우선이다."

기재 코치가 다시 뛰라고 손짓했다. 비트 훈련장에서 벗어나질 못했다. 나란히 서서 호흡을 가다듬으며 왼쪽 어깨에 힘을 빼려고 팔을 한 번 휘둘렀다.

"넌 좋냐?"

"어?"

"이 상황이 좋냐고."

삐딱하게 물어오는 녀석의 심정을 이해할 것 같으면서도 설마설마했던 의구심이 확신으로 바뀌는 순간이었다. 친구라고는 했지만 녀석은 나를 한 수 아래로 봤구나. 그러니 나와 싱크로를 뛴다는 현실을 받아들이지 못하는 것이 아니겠는가!

"권재훈, 넌 싫어?"

아니라는 대답이 나오길 바랐다. 그것이 비록 나의 희망 사항일지라도. 적어도 우리가 친구라면 속내는 다르더라도 예의상 아니라고 해야만 했다.

"어, 싫어."

더 들을 것도 없었다. 기재 코치가 지적한 사항은 무시하고 우리는 각자의 호흡으로 동작을 시도했다.

'나쁜 새끼. 내가 너보다 훨씬 더 잘 뛰고 만다!'

제대로 된 동작이 나올 리 없었다. 스타트부터 엉망이었다. 단전에서부터 솟구친 울화는 한 팀이 되어야 할 우리를 찢어놓았다. 내가 먼저 뛰거나 권재훈이 더 빨리 입수하거나. 공중 동작의 회전수도 맞지 않았다. 빠르게 트위스트 동작을 시도하는 녀석과 달리 나는 반의반 박자가 늦었다. 날 속도로 물 먹이겠다는 심보가 분명했다.

"다시!"

기재 코치는 묵묵히 비트 훈련을 진행했다. 거의 50번을 넘게 스펀지 더미 속으로 몸을 내던졌을까? 무중력 상태에 놓인 것처럼 머리가 멍했다. 기재 코치가 기계처럼 내뱉었다.

"올라가, 같이. 이 새끼들, 진짜 정신 못 차리고."

휴식 시간이 물 건너갔다. 싱크로를 뛰겠다는 인간들이 합을 맞추기는커녕 신경전이나 벌이고 있으니 결과는 뻔했다. 우리는 '노답'이었다. 도대체 감독님과 기재 코치는 무엇을 보고 우리 둘을 세트 메뉴로 묶어버렸는지 기막힐 일이었다.

다이빙풀로 가면서 나는 꾹 눌러 참았던 내 속내를 솔직히 드러내기로 마음먹었다. 빠른 걸음으로 권재훈을 따라잡았다. 체육관 주변에 무성했던 잡초를 정리했는지 풀내가 가득했다.

"이야기 좀 해."

권재훈은 나와 시선조차 마주치지 않았다. 대놓고 무시였다. 날 스쳐 지나가는 행동에 열이 뻗쳤다. 녀석의 팔을 거칠게 움켜잡았다. 손등에 핏줄이 튀어나올 정도로 힘껏 움켜쥐었다.

"좋든 싫든 같이 뛰어야 하는 종목이야. 맞춰 나갈 생각 없어, 넌?"

권재훈이 몸을 돌려 제 팔을 잡은 내 손과 내 얼굴을 찬찬히 들여다봤다. 소름 끼치도록 차가운 시선이었다. 녀석의 입에서 흘러나온 말은 나를 조각내기에 충분했다.

"우리가 하는 건 개인 경기야. 이길 때마다 혼자가 되는 경기."

난 그 혼자가 싫었다. 그리고 단 한 번도 혼자라고 생각한 적이 없었다. 다이빙대를 오를 때면 날 향한 동료들의 외침이 꼬리처럼 따라붙었기 때문이다.

"박풍덩! 파이팅!"

놀림조의 별명과 힘을 실은 파이팅. 6음절의 응원 메시지는 이율배반적이었으나 그래도 듣는 순간에는 심장이 크림처럼 몽글몽글해지고 얼굴에 웃음이 번지면서 단전에 다시 한번 힘을 주게 되었으니 좋았다. 그러나 권재훈은 아니었나 보다.

"늘 응원해 줬잖아. 너, 이런 놈 아니었잖아."

녀석의 입가가 휘어졌다. 호선으로 휘어진 입매와 달리 눈은 차갑게 얼어 있었다. 날이 서린 눈빛에 소름이 돋았다. 내가 알던 권재훈이 맞나 헷갈릴 지경이었다.

"그건, 네가 내 경쟁 상대가 안 될 때의 이야기고. 지금, 너랑 동급으로 취급받는 거…… 기분 몹시 더러워."

심장이 바스러졌다. 녀석이 그동안 날 이렇게 봤다니. 한 수 아래, 자신에겐 전혀 위협적이지 않은 애, 그래서 적선하듯 응원과 위로의 말을 건네도 좋을 하찮은 상대였다. 단 한 번도 친구라고 여긴 적이 없었던 것이다.

우리는 수많은 경쟁을 통해 여기까지 왔다. 그것이 현실이었다. 그러나 잔인할 정도의 경쟁 속에서도 우리는 서로를 응원하고 의지하며 함께 훈련을 견디고 저마다의 속도로 앞으로 나아갔다. 함께 뜨거웠던 그 시간, 그 세월이 권재훈에게는 아무 의미도 아니었던 셈이었다.

"박무원, 네가 세 바퀴 반 성공한 이후부터 우리 관계는 예전으로 돌아갈 수 없어."

"하아, 개새끼."

이젠 우정이고 뭐고 없다. 나은강 말이 옳았다. 권재훈은 변했다. 단순한 슬럼프라고 이해해 줄 필요조차 없는 녀석은…… 쓰레기였다. 함께 땀 흘리고 격려하고 응원하며 버텨낸 모든 시간을 시궁창 속으로 던져버린 것이나 마찬가지였다.

내 인내심은 손놀림보다 느려터졌다. 스포츠타월을 권재훈의 목덜미를 향해 던졌다. 녀석은 피하지 않았다. 미친 듯이 떨리는 주먹이 녀석을 향해 날아가지 않도록 힘을 주었다. 새빨개지는 녀석의 얼굴을 보며 이를 갈았다.

녀석은 바닥에 떨어진 스포츠타월을 주워서 내 손에 건네는 대신 내 발아래로 내던졌다. 얼굴에 맞은 것보다 기분이 엉망이었다.

우리는 너무 빨리 추락하는 법을 배운 탓에 사춘기에 역전당하는 기회를 준 셈이었다. 몸은 자랐는데 정신이 제자리걸음이었다.

"날 발아래 놓고 재밌었냐? 기술 하나 연마할 때마다 등신처럼 좋아하는 날 보면서 네 우월감을 확인하느라 신났었냐?"

스프링보드 위에서 휘청거리며 동작을 제대로 소화하지 못하고 물로 떨어지는 나를 보면서 녀석은 속으로 얼마나 비웃었을까? 어설픈 내 동작들은 권재훈에게 자신의 우월감과 뛰어난 재능을 다시 한번 확인하는 증거가 되었겠지. 열이 났다. 분노가 끓어올라 내 속에 있는지조차 몰랐던 투지가 고개를 들었다. 전혀 반갑지 않은 투지였다.

"야! 내가 다른 건 몰라도 넌 밟고 올라선다. 반드시!"

녀석이 앞장서기 전에 내가 먼저 녀석에게 등을 보이고 수

영장으로 들어섰다. 허리를 세우고 고개를 바짝 들었다. 유리
문을 밀고 들어서자 소독약 냄새가 코끝을 찔렀다. 가슴을 크
게 부풀려 숨을 들이마셨다.

전쟁이다.

그건 빨강

메달을 따려면 물을 찢어라.

플랫폼 끝자락에 위태롭게 매달린 건 내 발끝이 아니라 멘털이었다. 발가락이 부서질 정도로 힘을 주었다. 시선을 살짝 내려 다리 사이로 보이는 푸른 물을 바라보았다. 가로세로 25미터 다이빙풀이 너무 작아 보여서 풀 밖으로 튕겨 나갈 것만 같아 등골이 서늘했다.

내 발가락 옆에 나란히 선 또 다른 발가락 열 개. 그러나 전혀 위안이 되지 않는다.

두 손바닥을 편 채로 입수해야 머리와 어깨가 들어갈 공간이 확보돼 물보라가 적어진다. 입수하는 것과 동시에 귓가에 종이 찢는 소리가 났다. 손과 팔, 머리가 물속으로 빨려 들어가면서 순간적인 수중 진공 상태가 만들어졌다.

'립 엔트리!'

하나의 다이빙대 위에서 두 개의 동작이 펼쳐졌다. 부상당해 원래 뛰던 10미터 싱크로를 포기한 연석 선배가 잔소리를 해댔다.

"한 종목에 두 놈이 따로국밥일세. 둘 중에 하나가 머리통이 깨져야 정신을 차리려나?"

말이 씨가 된다는데 연석 선배는 늘 입이 방정이었다. 무릎이 흔들거린다고 플랫폼 위에서 개다리춤을 추면서 호들갑을 떨더니만 문제의 경기에서 연석 선배는 입수 동작에서 실수했다. 실수는 곧바로 사고로 이어졌고 연석 선배 말대로 무릎이 돌아갔다. 함께 경기했던 민성 선배가 연석 선배를 끌고 물 밖으로 나왔다.

무릎이 돌아간 것은 연석 선배였는데 멘털이 무너진 사람은 민성 선배였다. 의아한 일이었다. 완벽하게 연기를 마친 민성 선배는 그 후로 다이빙장에 나타나지 않았다. 그런데도 연석 선배는 천하태평이었다. 나는 속으로 '와, 자기 때문에 동료가 다이빙을 그만두게 생겼는데 무슨 깡으로 매일 혼자 여길 와?' 하고 욕을 했다.

목발을 짚고서도 매일 훈련장에 나타나서 입을 쉴 새 없이 움직이는 연석 선배를 보면서 후배들은 뒷담화를 늘어놓았다. 인간이 안하무인이다, 원래 싸가지가 없다, 일부러 사고를 내서 정적인 민성 선배를 제거한 거다 등등. 소설 같은 이야기도 있었지만 아예 가능성이 없는 헛소문은 아닌 듯했다.

타일 바닥이 어른거렸다. 바닥을 짚은 손바닥과 어깨가 뻐근해졌다. 눈에 땀인지 물인지가 들어갔다. 계속되는 실패에 기재 코치의 인내심이 바닥을 드러냈다. 물에서 나오자마자 벌칙으로 버피테스트 100개를 하고 다시 뛰라고 악을 썼다.

입에서 단내가 났다. 턱 끝까지 숨이 차올라 눈이 돌아갈 것만 같았다. 눈이 돌아가니까 보이는 게 없어서 그런지 막말을 쏟아냈다.

"쫄았냐? 하긴, 네 발아래 있던 내가 이젠 네 머리 꼭대기에 설 것 같으니까 무섭지?"

나의 비아냥에도 권재훈은 플랫폼 끝자락에 서서 자세를 고쳐 잡을 뿐 대꾸하지 않았다.

"최대한 바짝 붙어, 어? 쫄아서 멀어지면 감점인 거 알지? 네가 나한테 알려줬던 그 더럽게 잘난 팁이다."

호루라기 소리가 다이빙풀 안에 울렸다. 구령 없이 발을 차 몸을 허공으로 끌어올린다. 복근이 팽팽하게 조여지고 중력을 거슬러 몸을 한껏 웅크린다. 몸을 펴고 구부리고 비틀기를 빠르게 반복하는 가운데 나만의 세상이 펼쳐진다.

싱크로를 뛰면서 옆을 보지 않았다. 녀석과 나는 애당초 한 몸이 될 수 없었으니까. 이상한 기운이 느껴져 떨어지는 중에 곁눈질했다. 빠른 속도로 권재훈이 물로 떨어졌다. 입수 동작이라고 할 것 없이 엉망이었다.

픽!

립 엔트리 따위는 알 바가 아니었다. 권재훈의 널브러진 몸이 수면에 엄청난 파장을 일으켰다. 몸이 종잇장처럼 구겨져 낙하했다. 물속으로 들어가자 눈앞이 빨갰다. 온통 새빨간 세상……. 늘 차갑던 물이 뜨거웠다. 입 안으로 비릿한 무엇인가가 들어왔다. 피였다.

"재훈아!"

누구의 외침이었는지는 중요하지 않았다. 나는 미친 듯이 허우적거리며, 힘없이 가라앉는 권재훈을 붙잡았다. 녀석의 팔이 맥없이 딸려왔다. 물 밖에서 항상 무표정이었던 것과 달리 녀석은 평화로워 보였다. 눈앞이 뿌옇게 변했지만 나는 알 수 있었다. 여느 때보다 녀석은 편한 얼굴이었다.

물이 붉게 물들었다. 내 손으로 녀석의 몸을 안았다. 통제할 수 없을 정도로 손이 떨려서 몇 번이나 녀석을 놓쳤다. 물보라가 일고 기재 코치가 물속으로 들어왔다. 여럿의 손에 끌려 권재훈이 다이빙풀 밖으로 나갔다. 의자 밀리는 소리가 요란했다. 지켜보던 사람들이 풀 가장자리로 몰려들었다. 여기저기서 외치는 고함을 뒤로하고 나는 천천히 물속으로 가라앉았다. 물 밖 세상으로 나갈 용기가 나지 않았다. 깊은 다이빙풀 바닥까지 천천히 내려가고 싶을 뿐이었다.

'대가리가 깨지는 한이 있어도 다이빙대에 바짝 붙어라.'

다이빙대에 바짝 붙어 서라고 쫄았냐고 이죽거리지만 않았어도 녀석은 사고를 당하지 않았을 것이다. 녀석은 아마추어가 아니니까. 아마추어는 나였다. 내 감정에 치우쳐 온갖 악다구니를 시도 때도 없이 내뱉었으니까.

치고 올라오는 나를 인정하지 못한다는 이유만으로 나 역시 권재훈을 미워했다. 녀석의 그릇이 고작 이것밖에 안 된다는 사실에 서운했고 실망했다. 변해버린 상황에 적응할 시간이 필요할 수도 있는 건데 나는 내 자존심을 세우느라 그 짧은 기다림조차 베풀지 못했다.

내 좁은 마음의 실체는…… 그건 빨강이었다.

뉴스에서 연일 이번 장마는 예년과 다를 것이라고 떠들어 댔다. 역대 최고의 물 폭탄이 쏟아질 거라고 야단이었다. 물 폭탄이라……. 물과 함께 사는 인생이라 장마의 위력에 대해 생각해 본 적이 없었다. 기상청 뉴스까지 챙겨볼 필요가 내게 있었던가. 어차피 실내 다이빙풀에서 훈련만 하는 인생이었으니 장마는 나와 무관했다. 지금 내 처지가 물 폭탄을 직격으로 맞은 상태나 다름없었다. 차라리 장마가 나만 휩쓸고 가버렸으면 하고 바라는 처지였다.

휴대폰 진동이 울렸다. 탁자 위에 올려둔 휴대폰은 지칠 줄 모르고 울려댔다. 훈련이 끝날 무렵이면 이랬다. 주로 나은 강이었다. 감독님은 씹힐 줄 알았는지 아예 연락조차 주지 않았다.

일주일만 휴가야. 그 이상은 없다.

기재 코치의 문자는 깔끔했다. 군더더기 하나 없는 문장은 아무 일도 없었다는 듯 가장하고 있었다. 나은강이 훈련에 멋대로 빠졌을 때도 기재 코치가 이런 문자를 보냈는지 궁금했다. 그러나 내가 가장 궁금한 것은 권재훈의 상태였다. 구급차가 와서 데려갈 때까지 녀석은 눈을 뜨지 않았다. 일부러 나를 골탕 먹이려고 놀라게 하려고 장난치는 것 같았다.

자려고 누우면 그날이 자동으로 연상되었다. 누가 내 머릿속에 재생 버튼을 누르는 것처럼 반복해서 같은 장면만 펼쳐졌다.

'쫄았냐? 퍽…… . 재훈아!'

아무리 눈을 꽉 감아도 눈앞이 언제나 새빨갰다. 몸이 시리도록 차가운데 눈앞은 활활 타오르는 불길 속처럼 새빨갰다. 힘을 주어 일으켜 세우려고 해도 다이빙풀 바닥으로 자꾸만 가라앉으려던 권재훈의 늘어진 몸이, 무게가 뇌리에서 떠나지 않았다.

구급차에 실려 가는 권재훈을 넋 놓고 보기만 했다. 내가 이토록 무기력한 인간인지 처음 알았다. 누군가가 와서 내 어깨를 두드렸고 누군가는 아무것도 아니라는 듯 내 옆구리를 툭 쳤지만 나는 괜찮지 않았다. 엉망진창이었다. 다이빙풀 타일 바닥에 선명하게 남아 있는 붉은 핏자국들. 그것은 아무것도 아닌 게 아니다.

민성 선배의 멘털이 왜 설탕 과자처럼 바스러졌는지, 빗물에 던져진 솜사탕처럼 녹아내렸는지 알겠다. 누에고치처럼 몸을 잔뜩 말고 이불을 뒤집어썼다. 꼼짝하지 않고 숨도 천천히 쉬면서 횟수를 줄여가다 보면 저절로 증발하지 않을까?

몸을 한껏 웅크리는 건 공중 동작을 할 때뿐이었다. 공중 회전수를 채우고 나면 수면과 직면하게 된다. 몸을 똑바로 쭉 펴고 세상과 마주하는 일이 나에게 또다시 찾아올까? 몸을 편다는 행위가 면죄부같이 느껴져 나는 더더욱 몸을 동그랗게 말았다. 두 무릎을 가슴에 끌어안았다. 무릎으로 심장을 부수려는 것처럼 안간힘을 쓰며 꽉 끌어당겼다.

창문을 두드리는 빗소리가 요란했다. 이불 밖으로 고개를 내밀어 창밖으로 시선을 옮겼다. 세상이 온통 눈물범벅이었다. 권재훈도 이 빗줄기를 보고 있으려나. 한숨 쉬는 것조차 조심스러웠다.

발을 뻗었다. 발끝이 저렸다. 웅크리고 숨어 있을 수는 없었다. 권재훈을 봐야만 했다. 멀리서라도 괜찮은지 확인해야만 내 지옥이 끝날 수 있다. 나는 폭우 속으로 뛰어들 준비가 되어 있다.

방문을 열고 나갔다. 간식 쟁반을 챙겨 든 엄마와 마주쳤다. 눈물범벅이 되어 얼이 빠진 얼굴로 집에 돌아온 그날에도 엄마는 별다른 말을 하지 않았다. 때가 되면 끼니를 챙겼고, 손도 대지 않아도 나무라지 않았다. 오히려 내게 무슨 일이냐고 언성을 높이는 아빠를 막아서며 입을 막은 사람이 엄마였다. 내가 아는 엄마라면 "어머머, 이게 다 무슨 일이니?"라고 열 번은 물었어야 했지만 엄마는 물속처럼 고요했다.

"태풍 온다."

닷새 만에 엄마가 처음 건넨 말이었다. 현관문을 열고 나서며 똑똑히 말했다.

"난 이미 태풍 한가운데야, 엄마."

속이 울렁거렸다. 눈물이 쏟아지려고 했다. 재빨리 빗속으로 뛰어들었다. 거센 바람에 몸이 꺾일 것 같았지만 아무래도 좋았다.

막상 나왔는데 갈 곳이 없어서 헛웃음이 나왔다. 이곳저곳 하릴없이 돌아다녔다고 생각했는데 착각이었다. 집, 학교, 훈련장을 다람쥐 쳇바퀴 돌 듯 다녔다. 그 가운데 뒷산과 기적의 편의점이 있었다. 편의점에 가서 뜨끈한 어묵탕을 먹고 싶었다. 억수같이 비가 내리는데 또 맨발이었다. 지긋지긋했다.

"박무원, 나 좀 도와줘! 빨리!"

편의점으로 들어서려는데 문이 열리고 구본희가 튀어나왔다. 어딜 가는 것이냐고 물어볼 여유도 없이 구본희에게 손이 잡혔다. 기적의 구본희가 떨고 있었다. 바들거리는 손을 나도 모르게 힘주어 잡았다.

얼결에 끌려온 곳은 반지하 빌라였다. 이미 사방이 물이었다. 골목 곳곳에서 물이 쏟아졌다. 길을 지나가는 사람들은 우산을 버린 채 조심스레 걸음을 살폈다.

"다행이다, 열렸어."

내가 말리기도 전에 구본희가 지하 방으로 들어갔다. 발목까지 잠겼던 수위가 빠르게 불어났다.

"미쳤어? 구본희, 나와! 나오라고, 누나!"

구본희가 돌았다. 집 안으로 물이 들어차기 시작했다. 가재도구를 챙기느라 혈안이 된 구본희에게 내 목소리가 들릴 리 없었다. 왜 물 흠뻑 먹은 담요를 부둥켜안고 허우적거리는지 미칠 지경이었다. 나는 현관문을 몸으로 막고 서서 외쳤다.

"야! 그걸 왜 갖고 가려고!"

어이없게도 구본희가 집어 든 물건은 당장 버려도 이상할 것 없는 살림들이었다. 싸구려 머그 컵, 작은 밥상, 양은 냄비, 낡은 베개.

"내가 독립하고 처음으로 산 물건들이란 말이야!"

물이 발목을 넘어서 무릎까지 차오르고 있었다. 처음 산 물건이거나 말거나, 목숨보다 중요한 것이 어디 있다고 고집을 부리는지 모를 일이었다. 나는 다짜고짜 구본희 팔을 잡아 끌었다. 말로 안 된다면 힘으로라도 끌고 나갈 것이다. 구본희 팔을 잡아 뽑아서라도 이곳에서 데리고 나갈 결심이었다.

"앗, 안 돼!"

구본희가 과도를 떨어뜨렸다. 황급히 허리를 굽히더니 흙탕물 속으로 손을 넣어 휘휘 저었다.

"뭐 하는 거야?"

다그치는 찰나, 구본희가 외마디 비명을 질렀다. 흙탕물 속에 담근 구본희 팔을 강제로 잡아챘다. 과도를 잡은 구본희의 손가락에 붉은 핏물이 흘렀다. 싸구려 과도를 구하겠다고 제 손가락을 베는 사람은 세상천지 구본희밖에 없을 것이다. 지상으로 반쯤 드러난 창문으로 빗물이 미친 듯이 새어 들었다. 누군가 창문을 부술 기세로 두드렸다.

"안에 누구 없어요?"

"있어요, 나갑니다!"

우리가 갇혔다고 여기는지 유리창을 부수려고 했다.

"부수지 마요! 유리창 박살 나면 당신, 내 손에 박살 나! 가만 안 둬!"

불을 뿜는 기세로 구본희가 악을 썼다. 화가 머리끝까지 솟구쳤다. 지옥 같은 이 상황을 보고서도 유리창 걱정이라니!

"돌았어? 지금 유리창이 문제야? 그만해!"

손가락에 피가 흐르는데도 살림살이를 놓지 못하고 닥치는 대로 끌어안는 구본희의 모습에 광기가 흘렀다. 나는 구본희 손에 들린 낡아빠진 곰 인형을 잡아채 방 반대편으로 집어던졌다.

"네가 뭔데!"

"미치려거든 여기서 나간 다음에 미쳐. 알겠어?"

현관문을 붙잡고 버티는 구본희에게 나는 쐐기를 박았다. 어디론가 사라진 곰 인형을 구하겠다고 다시 집 안으로 들어가려는 구본희를 보고 있자니 욕지거리가 터졌다. 할 수 있는 온갖 욕설을 랩처럼 쏟아냈다.

"그만해. 누나 말대로 나, 올림픽도 나가고 연금도 타야 해. 그 전에 물귀신 될 생각 없으니 고집 그만 부려!"

다짜고짜 구본희를 끌어당겼다. 물이 허리까지 차올랐다. 지상으로 올라가 봤자 마찬가지였다. 비명과 함께 골목 끝에서 물기둥이 치솟았다. 맨홀 뚜껑이 날아간 모양이었다. 하늘에 구멍이 뚫린 정도가 아니라 신이 우리를 수조 안에 넣고 장난을 치는 것이 아닌가 착각될 정도였다. 엉망이 된 몰골로 구본희가 떨고 있었다. 흙탕물에 엉망이 된 담요를 끌어안고서 말이다.

"가자."

"어디로?"

구본희 얼굴에서 물이 쉴 새 없이 떨어졌다. 눈물인지 빗물인지 알고 싶지도 않았다. 한 손에는 양은 냄비를 들고 한 손은 구본희를 잡은 나는 여기서 무엇을 하고 있는지······. 두통이 몰려왔다.

"집에!"

"여기가······ 내 집이야."

꾹꾹 눌러 담고 있던 실체 없는 무언가가 툭 터져버렸다. 건물 안으로 물이 쏟아져 들어오는 것을 막으려는 사람들을 뒤로하고 나는 구본희를 잡아끌었다. 차들이 뒤엉켜 있는 것은 다반사였고 무릎까지 차오른 물을 헤치며 사람들이 어디론가 향했다.

"네 집은······ 이제 없어. 저기 봐."

빌라 반지하는 시커먼 어둠 속에 잠겼다. 지상에서 지하로 내려가는 계단은 사라지고 없었다.

구본희는 독했다. 제 눈으로 모든 것이 물속에 잠겼다는 것을 확인하자마자 가차 없이 발길을 돌렸다. 조금 전까지 정신 나간 사람처럼 살림살이를 하나라도 안 놓치려고 발버둥 친 인간이 맞나 의심이 들 정도였다.

손을 잡아줄 필요도 없었다. 내 손에서 양은 냄비와 액자를 빼앗아 들더니 앞으로 나아갔다. 갈 데가 없다더니 거짓말이었나 보다. 물길을 헤치고 나아가는 발걸음이 단호했다. 나는 묵묵히 구본희 뒤를 따랐다. 담요를 움켜쥔 구본희의 손가락이 마음 쓰였다. 물에 젖은 담요는 구질구질했고 무거웠을 터였다.

"피 나."

물 폭탄이 쏟아진 도시의 밤을 뚫고 구본희에게 다가가기에 힘이 없는 말이었다. 구본희의 손가락에서 핏방울이 물 위에 떨어지는 것을 보자 나는 꼼짝할 수가 없었다. 다리에 힘이 풀려버렸다.

같은 도시에 존재한다는 것이 믿어지지 않았다. 우리 동네와 기적의 편의점은 무사했다. 찾아온 곳이 기껏해야 편의점이라니 헛웃음이 났다.

"피난처가 직장이야?"

그나마 다행인 건 편의점 사장님이 구본희 행색을 보더니 두말하지 않고 편의점 창고를 내줬다는 사실이다. 하긴 구본희가 매상을 얼마나 올려줬는데 나 몰라라 하면 사람도 아니지. 물에 빠진 생쥐를 본 적은 없지만 우리 둘을 두고 표현하기에 적합할 것이라 확신했다.

사장님은 창고에 간이침대는 물론이고 온수 매트까지 갖춰놨다. 고맙다고 인사하면 될 텐데 구본희는 유난을 떨었다.

"이틀 안으로 정리하겠습니다, 사장님."

창고 밖으로 나가면 어디서 자려고 이틀이라는 기한을 못 박는 것인지 걱정스러웠다.

"이틀이고 열흘이고 괜찮으니까 마음 편히 갖고. 그래, 집은 괜찮아?"

편의점 사장님은 쌀쌀맞을 정도로 선을 긋는 구본희의 본심을 다 아는 사람처럼 굴었다. 집은 괜찮냐는 대목에서 구본희의 고개가 바닥으로 떨어졌다. 어지간해서는 고개를 바닥에 떨구지 않는 존재가 구본희인데……. 다른 말이 있었을 텐데 나는 왜 하필 '네 집은 없다' 같은 소리를 했을까.

창고 구석으로 눈길을 줬다. 하필이면 구본희가 지하에서 구출해 낸 쓸데없는 물건들이 검정 쓰레기봉투 밖으로 삐져나와 있었다.

"제가 여기서 지내는 동안 심야 알바 쓰지 마세요. 제가 할게요."

구본희가 제안했다. 무슨 소리냐며 야단하던 사장님은 안 그러면 창고에서 잘 수 없다고 단호하게 말하는 구본희 기세에 눌렸다. 어디서나 강적이었다.

"떨떨아. 야간, 주간 네가 다 일하면 온수 매트는 언제 쓰냐? 잠 안 자려고?"

"온수 매트 안 써도 나는, 이미 충분히 따뜻해."

비와 함께 밤이 깊게 가라앉고 있었다. 사장님이 가고 편의점에 단둘이 남았다. 전쟁 같은 폭우를 뚫고 편의점에 올 손님은 없을 것이다. 지상에 내리꽂히듯이 쏟아지는 비를 바라봤다. 창가에 나란히 앉아 어묵탕이 전자레인지에 돌아가는 것을 기다렸다.

'어묵탕이 데워지면 마음도 좀 따뜻해지려나?'

감상적으로 변하는 밤이었다. 시선 끝에 구본희 손가락이 걸렸다. 피는 멈췄지만 벌어진 상처에 내 속이 뜨끔거렸다. 자리에서 일어나 약품 진열 코너로 갔다. 약국이 아니니 제대로 된 의약품이 있을 리가 없었다. 여러 종류의 밴드 가운데 방수 밴드를 집었다가 내려놓고 다른 것을 골랐다. 충동적인 결정이었다.

구본희가 어묵탕 포장을 뜯어 내밀었다. 나는 아주 천천히 어묵 국물을 마셨다. 뜨끈한 기운이 식도를 타고 내려갔다. 몸이 저절로 떨렸다.

"손 좀."

"어?"

"비 맞더니 말귀까지 못 알아듣는 거야? 손."

퉁명스럽게 말하지 않으면 구본희가 무시할 것 같았다. 지하에서 욕했던 것, 억지로 팔을 마구 잡아끌었던 것……. 하나같이 욕먹을 짓만 했다.

어쩐 일인지 구본희가 순순히 양손을 내밀었다. 나는 과도에 벤 손을 잡았다.

"아아, 봐라. 아프지 않다."

"웃기고 있네. 이래도?"

일부러 상처 난 손가락을 세게 잡아 눌렀다. 갑작스러운 공격에 구본희가 참지 못하고 비명을 질렀다. 얼굴이 빨개진 구본희를 보자 픽, 하고 웃음이 새어 나왔다.

"아프면서 센 척은."

나는 분홍빛의 귀여운 밴드를 구본희 손가락에 꼼꼼히 붙였다. 어린애들이 좋아할 밴드였다. 어피치 캐릭터가 방실방실 웃고 있는 밴드였다. 물 폭탄 맞은 오늘, 웃는 얼굴의 어피치를 들여다보고 있는 구본희에게 다정한 말을 건네고 싶었지만 뾰족한 수가 나지 않았다.

"아까…… 미안."

"정확히 말해. 아까 언제?"

구본희가 살아나고 있었다. 말없이 숟가락으로 어묵탕을 휘젓자 구본희가 옛이야기 들려주듯 자기 이야기를 시작했다.

요청하지 않았는데 다른 이의 개인사를 이렇게 속속들이 알아도 될까 싶은 생각이 들었지만 오늘은 그런 밤이었다. 모두가 지친, 내가 나약한 존재라는 사실을 깨닫고 누군가에게 의지하고 싶은 그런 밤.

"소중한 집이야. 내 힘으로 들어간 첫 집이고. 지하지만 지상의 그 어떤 집보다 내 마음을 환하게 만들어줬던 집."

보육원에서 십 대를 보냈다고 했다. 열아홉에 정부 보조금 500만 원을 들고 세상에 나왔다고, 얼마나 무서웠는지 모른다는 고백에 어묵이 목에 걸렸다. 창문이 없는 고시원에 들어가서 누에고치가 될 것 같아 뜬눈으로 밤을 새웠다고도 했다. 스물도 되지 않은 어린 구본희가 빛도 들지 않는 작은 상자에 들어가 몸을 잔뜩 웅크리고 숨죽이고 있는 모습을 상상해 봤다.

"그때 내가 할 수 있었던 건 오늘도 무사히 살아냈으니 내 일도 무사히 견딜 수 있게 힘을 달라고 기도하는 것뿐이었어."

의도치 않게 작은 탄식이 흘러나왔다. 구본희는 나를 돌아보지 않았다. 묵묵히 제 앞의 어묵탕을 숟가락으로 휘저으며 이야기를 이어나갔다.

"나보고 왜 돈, 돈 하냐고 했지? 돈이 있어야 힘이 생겨. 하루하루를 살아낼 수 있고. 돈이 있어야 대학도 가고 뭐든 살 수 있는 거야. 난 그 모든 것을 해줄 부모님이 없으니까. 난 두 번 다시 창 없는 방으로 가고 싶지 않아……."

단 한 번도 들어본 적이 없는 목소리였다. 떨림이 고스란히 느껴지는 구본희의 울먹임에 나는 '아니야, 아닐 거야' 하면서 고개를 돌려 구본희를 살폈다. 가슴이 바닥으로, 물이 가득 찼던 지하의 어둠 속으로 곤두박질치는 기분이었다. 구본희의 눈이 빨갰다. 구본희의 눈 속에 창이 없는 방과 혼자 웅크리고 있는 작은 아이가 있었다.

나는 모든 것을 다 이해하는 것처럼 굴었지만 아무것도 이해하지 못했다. 권재훈의 마음도, 늘 돈, 돈 하는 구본희의 외로움도.

미친 듯이 비바람이 불었다. 편의점 밖으로 가로수 한 그루가 부러질 듯 휘어졌다. 그러나 있는 힘껏 버티는 나무를 응원하면서 내가 할 수 있는 건 이 말뿐이었다.

"오늘의 슬픔이 영원할 수는 없어."

구본희를 위한, 권재훈을 향한, 그리고 나 자신에게 건네는 기도였다.

별을 보았지

태어나서 연애편지를 써본 적은 없지만 이 정도 정성이면 한 번쯤은 생존 답장이라도 보내는 것이 인간의 도리였다. 매일 아침저녁으로 권재훈에게 문자를 보냈다. 일기를 썼다고 하는 편이 적절한 표현이겠다. 문자 내용을 궁금해하는 나은 강에게 슬쩍 보여줬더니 한다는 소리가 "이게 뭐야?"였다. 솔직히 나도 문자를 보내면서 무슨 소리를 하는 건지 어이없을 때가 다반사였다.

아무 일 없었다는 듯, 예전처럼 평범하게 권재훈에게 문자를 보내보라는 나은강의 조언을 따랐는데 나은강도 별수 없었다. 답답한 마음을 훈련 일지에 나열했다. 하나같이 권재훈에게 보내는 편지 같은 내용이 즐비했다. 문장력이라고는 1도 엿볼 수 없는 일기였다.

'오늘은 비트 훈련을 하는데 예전에 네가 비틀기 동작을 교과서처럼 해내던 게 생각났다.'

'전에 왜 그랬냐? 네가 맨발로 다녀야 발바닥 감각을 예민하게 키울 수 있다고. 그래서 영하 18도 찍을 때 네 말 듣고 맨발로 돌아다니다가 동상 걸렸잖아. 나쁜 시키! 아직도 겨울만 되면 왼발 엄지발가락이 찌릿거려.'

'초딩 때 올림픽은 너만 나갈 수 있는 거라고 해서 내가 얼마나 널 저주했는지 아냐? 그런데 그 다음 날, 네가 올림픽에 나를 꼭 데리고 가준다고 해서 얼마나 감동받았는지 알면 너…… 까무러친다.'

'살아 있냐? 살아 있다면 하늘 좀 봐. 오늘 더럽게 흐리다.'

'노 스플래시, 립 엔트리가 우리 인생에 무슨 의미일까?'

'다이빙이 아니라 다른 종목을 했다면 괜찮았을까? 네 상처를 돌보기에 나 역시 버겁고 조급했어. 출발이 늦은 것이 나한테는 공포였거든.'

추억팔이를 해도, 성공한 기술을 떠벌려도 녀석에게선 감감무소식이었다. 답장이 없어도 서운하지 않았다. 보내는 것이 내 마음이었으니 답장하는 건 권재훈 마음에 달렸다.

오늘의 슬픔이 영원할 수 없다는 건 나에게는 적용되지 않는 주문 같은 건가?

"여기야?"

"응, 우리 집. 이런 대문 처음 보지?"

우리 집은 태극 무늬 대문으로 나름 유명했다. 오른쪽 문은 파랑, 왼쪽 문은 빨강으로 칠해져 있었다. 개성 있는 대문 때문에 종종 택배 기사님들한테 질문을 받기도 했다. 왜 대문 색깔이 짝짝이냐고. 그냥 아빠가 이렇게 칠했으니까 그런가 보다 했는데 나름 아빠의 깊은 뜻이 숨어 있는 대문이었다. 가정의 평화와 번영이 나라의 평화와 번영으로 이어진다. 그래서 태극 무늬 색깔을 사이좋게 나란히 칠해놓은 것이라는 아빠의 설명이었다. 대문에 이렇게 어마어마한 의미를 부여한다는 것 자체가 좀 오버스러웠지만 아빠 소유의 집이니 이러쿵저러쿵할 자격이 내게 있을 리 없었다. 그리고 솔직히 개성 있어 보여서 나쁘지 않았다.

"박무원. 너 이렇게 의미심장한 집에 사니까 진짜 국대 돼서 태극마크 달고 대한민국 위상을 높이는 데에 이바지해야겠다, 반드시!"

나는 쓸데없는 소리 하지 말라는 경고 대신 구본희 손에서 트렁크를 빼앗아 들었다. 바퀴 하나가 고장 났는지 트렁크가 휘청거렸다. 돈 벌고 처음으로 산 물건이라고 목소리를 높이는 구본희를 보며 나는 묻고 싶었다. 도대체 누나가 처음으로 안 산 물건은 뭐야?

구본희가 우리 집에 오게 되었다. 함께 살기로 했다. 괜찮은 방을 구할 때까지. 모든 것의 시작은 우연이었다. 태풍이 오던 밤, 의도치 않게 날밤을 새우고 집에 들어갔더니 엄마가 다짜고짜 내 등짝에 스파이크를 날렸다. 잊고 있었다. 엄마가 학창 시절에 잠깐 배구를 했다는 사실을 말이다. 결국 프로로 데뷔하지 못했다고 해도 수년간 프로와 아마추어 사이에서 배회한 실력은 근육에 남아 있으리라는 진리를 내가 간과한 탓이었다.

"미성년자가 어디서 외박이야! 내가 네 사정 모른 척하려고 했는데 이건 아니지. 그따위 마음가짐이면 운동 그만둬!"

단호한 엄마의 모습에 당황했다. 어버버, 하다가 처음 말을 배우는 애처럼 '지하, 물난리, 창고, 물 먹은 담요'를 스무고개처럼 늘어놓다가 한 대 더 맞았다. 놀라운 것은 안방에서 나온 아빠가 두서없이 흘러나온 낱말을 퍼즐 맞추듯이 정확하게 조립하더니 맞췄다는 점이다.

"우리 집에 데려와. 방 하나 비잖니?"

"공짜로는 절대 안 돼요. 그럼 안 와요. 돈 관련해서 엄청 까다롭다고."

"미쳤냐? 당연하지. 공장도 접는 마당에……. 방값 내라고 해야지. 공짜 없다. 함부로 공짜라고 하는 건 사기꾼이야."

예상치 못한 아빠의 제안에 나는 구본희를 돈독 오른 누나라고 흥까지 봤다. 그러나 돈독이란 내 말에 아빠는 고개를 끄덕이더니 사람이 자고로 생활력이 강해야지, 이 험난한 세상을 살아가려면 말이지, 라며 흡족해하는 것이었다.

집으로 오는 길 내내 휴대폰에 온 정신이 팔려 있는 나를 보더니 구본희가 혀를 찼다.

"박무원아. 그런 콩만 한 심장 갖고 어떻게 다이빙대 위에서 뛰어내리냐? 그거 불가사의다. 폰 그만 보고 차라리 찾아가서 담판 지어."

나라고 안 찾아간 줄 아는가 보다. 사고가 난 다음 날, 병원으로 찾아갔지만 면회를 할 수 없었다. 퇴원했다는 소식을 듣고 권재훈 집으로 찾아갔지만 끝내 만나지 못하고 발길을 돌려야만 했다. 왜 나를 만나지 않는지 핑계조차 듣지 못해서 더욱 서운한 마음이었다. 차라리 내 탓을 했더라면 마음의 짐이 덜어졌을까?

그러나 나를 대하는 권재훈네 어머니를 보니 녀석은 아무 말도 하지 않은 것이 분명했다. 나는 녀석의 그런 태도가 하나도 고맙지 않았다. 오히려 내 탓이라고 내가 재수 없는 소리를 해서 다친 것이라고 뒤집어씌웠으면 대놓고 욕을 쏟아내거나 주먹을 날릴 텐데 내가 할 수 있는 것은 아무것도 존재하지 않았다.

"안녕하세요? 처음 뵙겠습니다. 구본희라고 합니다."

거실로 들어서자마자 우리를 기다리고 있던 엄마, 아빠와 첫 대면을 한 구본희가 또랑또랑한 소리로 자기소개를 했다. 그러더니 큰절을 올렸다. 고개 숙여 인사를 할 것이라고 확신했던 아빠는 구본희를 향해 악수를 청하려고 손을 내밀었다가 큰절을 받는 바람에 엉거주춤하게 선 채 절을 받았다. 코미디가 따로 없었다. 반면에 엄마는 재빠르게 바닥에 앉아 구본희의 절을 받아주며 같이 인사했다.

구본희의 새로운 캐릭터를 발견한 순간이었다. 동방예의지국의 후예답게 큰절을 하는 자세가 흐트러짐 하나 없이 완벽했다.

"오갈 데가 없어서 많이 급했습니다. 제가 어떤 사람인지도 모르실 텐데 이렇게 선뜻 방을 내주셔서 얼마나 감사한지 몰라요. 여기, 방값입니다."

인사가 끝나자마자 계산을 확실하게 하는 구본희를 보고 있자니 '구본희는 역시 구본희구나'라는 생각과 동시에 정체불명의 서글픔이 내 코끝을 건드렸다. 아빠는 방값이 든 봉투를 받고 흐뭇하게 웃었다. 아빠에게 봉투를 건네받은 엄마는 부엌으로 갔다.

"웰컴 티로 뭘 마실래요?"

우리 집이 호텔도 아닌데 무슨 웰컴 티? 간밤에 수정과와 호두말이 곶감을 만들던 엄마 모습이 오버랩됐다. 야밤에 뭘 저렇게 만드나 했더니만 구본희 주려고 준비한 것이었나 보다.

"돈을 냈으면 정당하게 대접을 받아야지. 당당히 요구해요, 본희 씨."

아빠까지 한 수 거들었다. 구본희는 편의점에서 주로 물을 마셨는데…… 아닌가? 딸기우유를 손에 들고 오래도록 천천히 마시고 있었던 모습도 기억났다.

"저는 딸기우유를 좋아해요."

수정과를 쟁반에 들고 오던 엄마가 걸음을 멈췄다. 그 바람에 수정과가 그릇에서 흘러넘쳤다. 보아하니 손님에게 대접하는 크리스털 컵에 호두말이 곶감까지 담아서 내오던 차였다. 엄마를 보고 자리에서 일어난 구본희가 재빨리 엄마한테서 쟁반을 받아들려고 손을 뻗었다. 엄마는 괜찮다는 듯 손을 내저었다.

"어머, 저 수정과도 좋아해요. 이건 귀해서 못 먹거든요. 보육원에서는……."

귀하다는 말, 보육원에서는 못 먹는다는 말에 엄마가 쟁반을 마주 잡은 구본희의 손을 잡았다. 수정과 한 잔 두고 둘이 뭐 하는 것인지 드라마라도 찍을 기세였다.

나는 구본희가 왜 기적이 되었는지 알 수 있었다. 딸기우유와 수정과 사이에 어떤 공통점이 존재하는지 도저히 이해가 가지 않지만 그 간극도 훌쩍 뛰어넘을 만큼 구본희는 장소불문 능수능란한 삶을 살 수 있는 능력자였다.

수정과는 매웠다. 계피 향이 코끝을 찔렀지만 한 모금 삼
키고 새 가족이 된 구본희를 바라보자 이상하게 입 안이 달큼
해졌다.

기재 코치가 다짜고짜 집 앞으로 찾아왔다. 정확히 말하면
군것질거리를 사러 나갔다가 기재 코치에게 걸렸다. 웃기는
게 다이빙장으로 돌아가지 않을 것이라 다짐을 하면서, 식단
이고 뭐고 마음대로 살아야지 하면서 군것질거리를 먹고 나서
는 누가 시키지도 않았는데 열심히 움직였다. 땀방울이 바닥
에 떨어질 때까지 스쿼트를 하고 물구나무를 서서 호흡을 고
르는 내 꼴을 뭐라고 설명해야 하나. 심지어 기재 코치를 만나
자 '앗, 군것질거리 사기 전에 만나서 다행이다' 하는 생각이
머릿속에 번쩍하고 나타나서 놀랐다.

몸을 망가뜨리고 싶었다. 내가 나를 버릴 용기가 없으니
타인이 나를 포기하게끔, 그렇게 엉망으로 스스로를 만들고
싶을 따름이었다. 그러나 한편으로 제대로 버텨보고 싶은 욕
심도 있었다.

"내가 뭐라고 했어? 딱 일주일이라고 했지? 일주일이 며칠
이야? 세븐, 칠, 몰라?"

일주일은 기재 코치가 일방적으로 정한 시간이었다. 내 마

음은 7일의 시간만으로 다독일 수 있는 것이 아니었다. 신이 세상을 만들기엔 7일이 충분했을지 몰라도 내 마음은 훨씬 더 미묘하고 복잡했다.

"따라와."

"저, 재훈이 녀석한테 안 가요."

자존심이었을까? 나만 마음 졸이며 내내 녀석을 기다렸다는 것을 들키고 싶지 않았다.

"누가 거기 간대? 잔소리 말고 따라와."

이대로 도망칠까 몇 번을 고민했다. 돌아보지도 않고 앞장서서 가는 기재 코치는 어떻게 날 믿고 저렇게 당당하게 걸음을 옮기는 것인지 사람 속을 도통 모르겠다. 보자마자 기합이라도 주려나 했는데 따라오기나 하라니! 설마 으슥한 곳에 가서 흠씬 두들겨 패는 것은 아니겠지?

"밥은 먹었냐?"

"저녁 먹기 전에 절 납치하셨잖아요."

기재 코치의 보폭은 일정했다. 골목 끝에 기재 코치의 경차가 보였다.

"이게 납치냐? 네 발로 따라왔는데."

차 문을 열더니 기재 코치가 덥석 내 어깨를 잡고 차 안으로 밀어 넣었다. 갑작스레 밀리는 바람에 슬리퍼 한 짝이 벗겨졌다. "어어, 신발" 허둥대는데 기재 코치가 슬리퍼를 주워 차에 던져 넣더니 문을 닫아버렸다. 자포자기한 심정으로 조수석에서 두 손을 무릎 위에 모으고 가만히 앉았다.

"어디 가는 거예요?"

"밥 먹으러."

침묵이 차 안에 꽉 들어찼다. 음악을 틀 법도 한데 기재 코치는 운전에만 집중했다. 음악을 틀려고 버튼을 누르려는데 낮은 음색이 내 움직임을 저지했다.

"조용히 가. 눈 좀 붙이든지, 밖을 보든지."

얼마나 대단한 밥이기에 국도까지 타는지 궁금했다. 가서 맛없는 것만 줘봐라, 두고 보리라, 이를 갈았다.

창밖의 건물 사이사이로 노을이 피어올랐다. 핑크와 오렌지빛이 적절하게 어우러진 노을이었다. 책이나 아빠가 부르는 노래에서 '붉은 노을'만 보고 듣다가, 눈앞에 나타난 노을은 아이스크림 같아 보였다. 교외로 빠지는 길목에서 차가 밀리기 시작했다. 저녁은 가족이랑 먹는다고 말했다가 본전도 못 찾았다. 기재 코치가 그럴 줄 알고 엄마에게 전화해서 저녁 먹여서 보낸다고 했단다. 생각보다 치밀한 사람이었다.

가로수를 정비하는 바람에 인도 위에 나뭇가지들이 어지럽게 떨어져 있었다. 길을 가던 어린애가 떨어진 나뭇가지를 밟지 않으려고 건너뛰다가 슬리퍼 한 짝이 벗겨졌다. 나뭇가지를 사이에 두고 아이와 벗겨진 슬리퍼가 생이별 중이었다.

참으려고 했는데 입가가 저절로 길게 늘어졌다.

"메뉴가 뭐예요?"

"가보면 알아. 놀라지나 말아라."

수수께끼 같은 음식점이었다. 한참을 달려 산과 들로 에워싸인 마을에 도착했다. 대로에서 벗어나 주택가 골목으로 들어섰다. 좁은 골목이었다. 차 한 대 간신히 오갈 길이었다. 반대편에서 차라도 나오면 꼼짝없이 한쪽은 후진해서 차를 빼야 할 만큼 비좁았다. 한산한 시골 마을 주택가에 무슨 음식점이 있을까 의구심이 들 정도였다.

미로 같은 골목을 이리저리 꺾고 돌다 보니 돌담이 반쯤 허물어진 집이 보였다. 대문 대신 작은 나무 입간판이 눈에 띄었다. 동글동글한 손글씨가 인상적인 간판이었다.

"못집?"

더듬거리며 간판을 읽자 기재 코치가 비웃듯 코를 들이마시는 소리를 내며 차를 세웠다.

"너, 진짜 징그럽게 공부 안 하는구나. 못집이 어디 있냐? 맛집, 맛집! 아래아, 몰라?"

"모를 수도 있죠. 하도 뛰어내려서 뇌가 흔들리는지 잠시 헷갈렸어요. 요즘 시력도 안 좋고요."

양심상 내가 생각해도 말도 안 되는 변명이었다. 작명 센스하고는……. 영 꽝이었다.

"핑계는 좋다. 네가 하루에 다이빙대에서 만 번이라도 뛰냐? 내려."

기재 코치는 입간판을 지나 돌담집 마당으로 들어갔다. 현관이 활짝 열려 있어서 그냥 들어가면 될 텐데 우뚝 서서는 뒷짐을 지더니 과장된 포즈로 배를 내밀었다.

"이리 오너라!"

저 정도의 거만함이라면 오던 사람도 정이 떨어져서 10리 밖이라도 길을 돌아서 가겠다. 작은 창으로 그림자가 지나가는가 싶더니 현관으로 앞치마를 두른 장발의 사내가 나왔다. 단순히 머리칼이 긴 정도가 아니고 시골 동네에서 만나기 쉽지 않은 레게 머리를 양 갈래로 묶은 모양새가 인상적이었다.

"미친놈, 왔냐?"

머리를 다소곳이 묶은 것과 달리 입이 거칠었다. 서로를 두고 미친놈이라고 비속어를 퍼붓는데 솔직히 우습기도 했다. 내가 보기엔 기재 코치나 레게 머리 사내나 둘 다 피장파장, 오십보백보였다.

"어서 오세요, 손님."

기재 코치 뒤에 어정쩡하게 서 있는 나를 발견하고 레게 머리 사내가 허리를 굽혀 인사했다. 기재 코치와 비슷한 연배로 보이는데 이토록 정중하게 인사를 하다니! 나도 덩달아 오랜만에 폴더 인사를 했다.

"쉐키, 놀고 있네. 얘, 고1이야."

기재 코치가 내 등을 토닥였다. 레게 사내가 내 등을 두드리는 기재 코치의 손을 꺾었다.

"김기재, 넌 이래서 문제야. 손님에 고1, 칠순, 나이 따지게 생겼냐? 식당에선 손님이 왕이야. 어서 들어가시죠, 손님."

아무래도 두 사람이 날 두고 즐겁게 노는 분위기였다. 레게 사내가 안으로 안내했다. 크지 않은 규모라 안내를 하고 말고 할 것도 없었는데 과장이다 싶을 정도의 정중한 태도에 실소가 자꾸 새어 나오는 것을 막지 못했다.

"웃기지? 뒤통수도 봐라. 더 웃긴다."

훈련장에서 내가 늘 보던 기재 코치는 어디로 가고 이 사람은 누구일까? 재기발랄하다 못해 가벼워서 나풀거리며 뒷산으로 날아갈 지경이었다.

구옥을 개조해서 만든 음식점이었다. 메뉴판이 없다는 것이 흥미로웠다. 여섯 개의 테이블 모두 손님들로 만석이었다. 난감한 표정을 짓자 기재 코치가 눈을 찡긋거렸다.

'나한테 윙크한 건가? 아, 코치님이 오늘따라 왜 이러지?'

등골이 서늘해졌다. 일주일이라는 기간을 지키지 않아서 이 외딴 시골에 나를 파묻으려고 데려온 건 아니겠지?

"예약했잖아. 테이블도 안 빼놓고 뭐냐, 너?"

"네가 무슨 손님이야? 이 원수 놈아."

웃는 낯으로 욕하는 레게 사내는 확실히 개성이 강한 사람이었다. 기재 코치는 어쩌다 〈뭇집〉 주인이랑 알게 됐을까? 두 사람이 어울릴 만한 공통점이 전혀 보이지 않았다. 희한한 노릇이었다.

테이블을 가로질러 주방 사이의 쪽문에 걸친 갈대발을 들어 올리고 뒷마당으로 나갔다. 평상에는 이미 상차림이 우리를 기다리고 있었다. 교자상 위에 차려진 다양한 음식을 보자 식욕이 올라왔다.

"야, 윤수찬. 내가 고1 선수 하나 데려온다고 했지 누가 제사상 차리라고 했냐?"

'헐! 이게 무슨……'

결국 나를 이곳에 데려온 이유는 벌을 주겠다는 것이 목적이었다. 아닌 척하지만 나를 질타하기 위한 자리가 확실했다. 어차피 훈련에 무단으로 빠졌고 기재 코치가 제안한 일주일의 기간을 말도 없이 어겼으니 할 말은 없다. 하지만 적어도 내가 이런 선택을 할 수밖에 없는 상황이나 내 마음을 한 번쯤 돌아봐 주면 안 되나?

결국은 이런 거였다. 목표를 위해 결과보단 과정이 중요하다고 말들은 하지만 그건 그럴싸한 포장이 필요해서 떠들어대는 말뿐이고 과정이 중요하고 아름다워지는 것도 결과가 성공적이었을 때나 적용되는 일이었다.

　　"왜 아무것도 안 물어요?"

　　"내가 너한테 뭘 물어? 넌 나한테 대답할 거나 있고?"

　　멸치볶음을 앞니로 잘근잘근 씹는 기재 코치가 얄미웠다. 제자의 마음고생을 모를 리가 없는 사람이 아무 일도 없었다는 듯 평화롭게 칼슘 걱정이나 하고 있다니! 배신감이 나를 물어뜯으려는 잔멸치 떼처럼 몰려들었다.

　　"권재훈한테 갔었어요. 그런데 못 만났어요."

　　"응."

　　눌러놨던 감정이 기재 코치의 "응"이란 대답에 터져버렸다. 레게 사내가 음식을 들고 온 줄 모를 정도로 나는 흥분했다.

　　"이러면 안 되는 거잖아요. 코치님이라면 적어도 괜찮냐고 물어보기라도 해야 하는 거 아니에요? 저 때문에 재훈이가 그렇게 된 건데……. 코치님은 할 말 없어요?"

　　레게 사내가 우리 앞에 노릇하게 부친 녹두전과 수육을 내려놓았다. 고소한 기름 냄새가 우리를 에워쌌다. 기재 코치는 녹두전을 젓가락으로 먹기 좋게 한 입 크기로 찢었다.

　　"너, 지금 안 괜찮잖아. 그런데 내가 괜찮냐고 물어본 들

위안이 되겠어?"

틀린 말 하나 없었다. 뼈를 때리는 진실에 고개가 바닥으로 떨어졌다. 고개를 들고 마주할 용기가 점점 소멸했다.

"땅바닥에 먹을 것도 없는데 고개 들어. 재훈이는 사고야. 다이빙하다가 생겨서는 안 되는 사고."

전혀 위로되지 않았다. 나는 괜찮지 않았고 앞으로도 영원히 괜찮지 않은 상태로 살아갈지도 모르겠다. 레게 사내가 사이다를 들고 나타났다. 서비스라며 생색을 냈다.

"윤 사장, 얘한테 그 이야기 좀 해줘."

"뭔 이야기?"

기재 코치의 시선이 레게 사내의 머리로 향했다. 자꾸 보니 양 갈래가 레게 사내와 잘 어울리는 듯했다.

"내 양 갈래, 비웃지 마라. 이게 다 네 코치 놈 덕분이다."

'놈' 소리에도 기재 코치는 아무 반응 없이 수육 한 점을 쌈장에 찍어 천천히 씹었다. 기름 묻은 입술을 혀로 날름 핥았다.

레게 사내가 고개를 숙이더니 내 코앞에 머리를 들이밀었다. 이 행동을 어떻게 해석해야 하나 허둥대는데 기재 코치가 입을 열었다.

"얘 머리 보고 너 웃었지? 이렇게 묶을 수밖에 없는 운명이야."

"운명 같은 소리 하네. 내가 너만 할 때 김기재랑 싱크로 다이빙을 했거든? 이 새…… 아니, 이 코치분이 그날따라 살살 긁네? 그래서 내가 본때를 보여주마, 하고 뛰어내렸는데…… 깨졌지, 머리가. 아, 근데 이상하게 깨져서 꿰맸는데도 무슨 저주인지 이 부분만 머리가 안 나는 거야. 그래서 어쩔 수 없이 가리려고 양 갈래 하는 거다."

예상치 못한 이야기 전개였다. 쩝쩝 소리까지 내며 녹두전을 씹는 기재 코치의 행동에 눈살이 찌푸려졌다. 레게 사내가 다이빙을 했다는 사실도 놀라웠고 둘이 함께 싱크로 다이빙을 했다는 사실도 충격이었다. 그 뒤로 레게 사내는 다이빙을 그만뒀다고 했다. 그런데 기재 코치는 아무렇지 않게 음식을 씹고 이 자리에 앉아 있다니.

"이 원수가 그래서 내 매상을 올려줘야 하는 종신형을 받게 됐지."

"아무렇지 않아요? 괜찮으세요?"

나는 진심으로 궁금했다. 레게 사내의 속내가 말이다. 한 명은 여전히 다이빙장에서 산다. 그리고 부상당한 한 명은 다이빙과 상관없는 일을 하고 지낸다. 레게 사내도 사고만 아니었다면 전 세계 다이빙장을 누비며 스포츠계의 전설로 살 수 있지 않았을까?

"이봐, 고딩 선수. 이 머리 꼴을 보고도 내가 괜찮아 보여?"

어리석은 질문을 했다. 미안한 마음에 어떤 표정을 지어야 할지 몰라 허둥대는데 레게 사내와 기재 코치가 큰 소리로 웃어댔다. 뭐가 그렇게 우스운지 두 사람은 눈물까지 찔끔거리며 어깨를 들썩였다. 눈앞에서 양 갈래와 반삭 머리가 교차되며 어른거렸다. 아무래도 괜찮지 않은 건 나 혼자인 듯했다.

웃어야 할지 울어야 할지 도무지 감이 잡히지 않아 식어가는 녹두전만 쏘아보고 있는데, 닭이 울었다. 노을 지는 하늘을 향해 목놓아 우는 수탉 울음소리에 기재 코치와 레게 사내는 이제 평상에 누워 웃었다. 이게 무슨 상황인지……. 어느 지점에서 웃는 타이밍을 놓친 것일까, 나는.

다 식어빠진 수육과 녹두전을 먹었다. 식었지만 맛이 좋았다. 음식 데워줄까, 라고 묻지도 않는 레게 사내는 가벼워서 좋았다. 기재 코치에게 내 이야기를 들었을까 궁금했지만 아무래도 상관없었다. 두 사람이 내 앞에서 함께 다이빙하던 시절을 랩처럼 늘어놓았다. 훈련은 예나 지금이나 힘들어서 다행이란 생각이 들었다. 끝없이 경쟁하고 함께 기합받고 울고 웃고 싸웠다가 화해도 하지 않았는데 자연스럽게 일상으로 돌아가는 생활의 반복이 영화 장면처럼 연상됐다.

"쿨한 척했지만 시기와 질투가 늘 엉망으로 뒤섞여 있던 나이였지. 열일곱, 열여덟은 그런 나이야. 잘하고 싶은데 몸이 뜻대로 움직이지 않고 그런데 어느 날 나보다 못한 녀석이 갑자기 치고 올라오는 걸 보며 애써 외면하지. 우연이야. 쟤 우연일 거야, 이번은. 그런데 그게 우연이 아니란 걸 깨닫는 순간 멘털이 예상치 못한 순간에 산산조각 나는 거지. 어제까지 친구고 동료였는데 꼴도 보기 싫고. 분명 상대방 잘못이 아닌 것을 뻔히 아는데도 마음이 아직 여물지 않아서 스스로도 어쩔 수 없는 거야."

여물지 않은 마음……. 젓가락질하다 말고 가슴팍을 주먹으로 슬쩍 문질렀다.

"그런데 웃기는 건 다이빙했던 십 대 때나 지금이나 시기와 질투는 늘 따라다녀. 왜 그런지 아냐? 잘 살고 싶거든. 기왕 사는 인생, 뭐든 잘 해내고 싶은 마음이 커서 그런 거야. 그러니까 너나 재훈이나 다들 잘하고 있는 거야, 지금."

콧구멍 평수가 늘어났다. 코에 자꾸 힘이 들어갔다. 입술에 경련이 일었다. 얼얼했다. 양념장에 청양고추를 넣은 탓이다.

"너 여기서 울면 네 코치 놈이 평생 놀린다. 내가 산증인이야. 넣어둬, 눈물 따윈."

미지근해진 물을 권하는 레게 사내가 고마웠다. 레게 사내가 운영하는 〈뭇집〉은 정말 맛집이었다. 상처 입은 마음에 새살이 돋게 만드는 건 음식이 아니라 주인장의 유쾌함이었다. 미적지근한 물을 마시는 내게 "수영장 물보다 훨씬 낫지?"라며 농담을 건네는 바람에 사레가 들렸다. 졸지에 코로 물을 마시게 됐다.

손님들의 웃음과 대화 소리가 어우러져 밤이 익어가고 있었다. 레게 사내는 양 갈래 머리를 휘날리며 부엌과 홀을 부지런히 오갔다.

기재 코치가 상을 옆으로 밀더니 평상에 누웠다.

"하늘 좀 봐라. 우리는 너무 바닥만 보고 뛰어. 그래서 가끔 우리 머리 위에 저렇게 근사한 별이 있다는 걸 까먹어."

별을 보았다. 아직 여물지 않아 작지만 반짝이는 별을.

두렵지 않은 점프

"인생은 길어. 그러니까 내 말은, 도전해 봐."

무엇을 도전하란 말인가. 내 속내를 속속들이 알고 있었다는 듯 기재 코치는 말을 이었다.

"다이빙이든, 권재훈이든."

문법도, 의미도 맞지 않는 말이었다. 그러나 기재 코치가 개떡같이 말해도 나는 찰떡같이 알아들었다. 우리의 세월이 그랬다. 이 정도의 문법 파괴적인 말은 쉽게 이해할 수 있게 만들었다.

집으로 돌아오는 길 내내, 차 안에는 정적이 흘렀다. 그러나 마음이 어렵지 않아서 좋았다. 침을 삼킬 때마다 밥상에 두고 먹었던 다양한 음식의 맛과 질감과 향이 떠오르면서 레게 사내가 영원히 수장된 머리털을 살려내라고 짓궂게 기재 코치를 닦달하던 모습이 눈에 선했다. 가벼운 브로맨스 영화 한 편을 보고 집으로 돌아가는 기분이 들 정도였다.

"넌 다이빙대 위에 오르기 전에 뭐 듣냐?"

"듣다뇨, 뭘?"

머릿속으로 이미지 트레이닝 하기에도 벅찬 나에게 무슨 이런 질문을! 긴장을 푸는 용도로 대부분 선수는 음악을 들었다. 그들이 듣는 음악은 다양했지만 어떤 곡을 듣는지 궁금증을 품기엔 내 코가 석 자였다.

"짜식, 여유가 없어. 사람이 여유가 있어야 여유로운 동작이 나오는 거다."

1.8초에 승패가 갈리는 스포츠에서 여유를 운운하다니! 그것도 기재 코치가 다이빙의 '다' 자도 모르는 사람도 아니고……. 아무래도 내 정신상태를 확인하려는 나름의 함정이 아닐까. 이런저런 생각을 하면서 창문에 비친 기재 코치의 모습을 훔쳐보는데 음악이 흘러나왔다. 아이유였다. 맑고 청아한 음색이 여름 바다를 떠올리기에 충분했다.

첫 소절부터 귓가에 꽂혔다. 달이 익어가고 있단다. 아이유의 목소리는 나에게 서두르라고 격려하는 것처럼 노래했다. 차창 밖으로 달이 떠오르고 밤이 익어가고 있었다.

"삶이 어떻게 더 완벽해, ooh!"

다정한 노랫말에 감동하기도 전에 기재 코치가 목청껏 노래를 따라 불렀다. 음정, 박자, 무엇 하나 제대로 딱 들어맞는 것이 없었지만 괜찮다. 달이 노랗게 익어가는 밤이니까. 휴대폰을 꺼내 화면을 터치했다. 검은 바탕에 불빛이 일었다. 나는 작지만 힘 있는 손짓으로 별을 부르기로 결심했다. 사진 속에 별들이 잘 자리를 잡았다.

기재 코치 말이 맞을지 몰랐다. 도전은 빠를수록 좋을 것이다. 뭉그적거리고 주춤거리다가 남는 것은 후회와 상처뿐일 수도 있겠지. 노랫말대로 나는 젊은 피니까. 민들레 한 송이 대신 오늘 밤에는 별을 품고 달려가 봐야지.

전송 버튼을 눌렀다. 달이 익어가는 이 밤에 내 가슴에 새겨놓은 수많은 별이 날아갔다.

밤도 늦었는데 집 앞까지 태워달라는 내 부탁을 기재 코치가 깡그리 무시했다. 사거리 버스 정류장 근처에서 차를 세우더니 내리란다.

"우리 동네 골목길이 밤에 얼마나 무서운데요. 마음대로 데려갔으면 안전하게 데려다줘야지요."

"네가 이러고 안 내리면 내가 더 무서워져."

'이건 또 무슨 헛소리람?'

기재 코치가 전방을 손가락으로 가리켰다. 손끝을 따라가니 내 시선에 주차단속용 CCTV가 걸렸다.

"너, 벌금보다 무서운 건 없다. 담력도 기를 겸 집까지 뛰어서 가. 출발!"

속 깊은 다정함과 야속함의 경계를 넘나드는 기술이 뛰어난 사람이었다. 기재 코치는 날 내려주기가 무섭게 도로의 주행하는 차들 속으로 사라졌다.

버스 정류장 벤치에 앉아 밤하늘을 올려 봤다. 별이 보이지 않았다. 불과 몇 시간 전만 해도 별이 쏟아지는 장소에 있었다는 것이 믿기지 않을 정도였다. 휴대폰을 꺼내 문자메시지를 확인했으나 아무것도 없었다. 그래도 마음이 편했다. 이상하게 조바심이 나지 않았다. 카톡으로 별을 보냈다면 내내 가시방석이었을 것이다. 내가 보낸 톡 옆에 숫자 '1'이 사라졌는지 그대로인지 전전긍긍하며 노려봤겠지.

차 안에서 노래 한 곡을 반복해서 들었음에도 기억나는 가사는 딱 한 줄이었다.

'삶이 어떻게 더 완벽해.'

나는 아직 완벽한 삶을 겪어본 적도, 어깨너머로 구경해본 적도 없다. 어쩌면 삶을 진지하게 바라본 적조차 없다는 것이 맞겠다. 어두운 골목보다 무서운 건 별을 보낸 내 마음을 녀석이 깡그리 무시하는 일이다. 대답을 바라고 보낸 것은 아니라고 스스로에게 최면을 걸었지만 그것은 새빨간 거짓말이었다.

천천히 걸었다. 익숙한 거리였는데 오늘따라 낯설었다. 훈련을 가기 위해 지나가던 길이었고 훈련 내용을 생각하며 걷던 거리였다. 대로에 자리 잡은 청과물 가게 사장님이 가발을 썼고 샤넬 미용실 원장님이 저토록 많은 다육식물을 키운다는 걸 처음 알았다. 청년 채소 가게 젊은 사장님 둘이 쌍둥이란 것도, 파리채로 파리 대신 부채질을 하는 사람이 형제 중 동생이란 사실도 이제야 알았다.

먹었던 저녁이 짰는지 갈증이 났다. 조금 돌아가는 길이지만 기적의 편의점 방향으로 향했다. 밤하늘에 부유하는 공기가 시원했다. 입을 크게 벌리고 소리 내어 공기를 들이마셨다. 배꼽에 온 신경을 모으고 힘을 주었다.

"뭘 붕어처럼 들이키냐?"

어둠 속에서 구본희가 나타났다. 건물 뒤편에 재활용 쓰레기를 버리고 오는 모양이었다.

"밤의 어둠."

"왜?"

"빨리 날이 밝으라고."

가벼운 어투로 말했지만 진심이었다. 어둠 속에서도 내 이는 등대의 불빛처럼 빛나겠지? 빨리 날이 밝았으면 좋겠다고 빌어보기는 처음이었다. 더 늦지 않게 도전할 것이다. 마음을 담아 천천히 이유를 밝혔다. 권재훈을 꼭 만나서 내 마음을 보이겠다고 말이다.

"어둠 속에선 왠지 외롭잖아."

날이 밝도록 소식이 없으면 새날의 해가 뜬 풍경을 담아 문자를 또 날려야지, 라고 결심을 하는데 가차 없는 비수가 날 아들었다.

"똥 싼다."

구본희는 구본희였다. 낭만이 없었다. 편의점 문을 박차고 들어갔다. 니양이가 날 발견하고 한달음에 달려왔다. 계산대에서 풀쩍 뛰어내려서 말이다. 완벽한 점프에 완벽한 착지였다. 목에 두른 편의점 스카프가 제법 잘 어울렸다.

"어서 오세요."

안쪽 창고에서 낯익은 얼굴 하나가 나타났다.

"어, 너는?"

나와 눈을 마주치더니 목례를 하고 다시 걸레질하러 음료 냉장고 쪽으로 간 사람은 분명 그 아이, 편의점에서 도둑질하다가 걸렸던 남자애였다.

"미성년자 고용은 안 되는 거 아냐?"

계산대로 들어가는 구본희에게 조용히 속삭였다. 대놓고 날 비웃는 구본희에게 감정이 상했다. 오늘따라 구본희의 콧방귀 소리가 유난히 컸다.

"똥 싼다. 하긴 운동 외에는 아무것도 모르니 고용에 대해 박무원이 뭘 알겠어."

틀린 말은 아니라서 입을 꾹 다물고 구본희의 못된 입만 노려보았다. 눈에 얼마나 힘을 줬는지 눈알이 아려올 지경이었다.

대걸레가 내 뒤꿈치를 툭툭 쳤다. 대화의 주인공인 남자애였다.

"매니저님이 취직시켜 줬어요. 제가 부모님이 안 계셔서 대신 보증 서줬거든요."

"보, 보증?"

나의 반문을 감탄사쯤으로 여겼는지 남자애는 제 할 말만 하고 돌아섰다. 나는 녀석의 뒷모습을 멍하니 쳐다보기만 했다. 청소 끝났으면 얼른 퇴근하라는 구본희의 말에 남자애는 교과서에서나 볼 법한 자세로 구본희에게 배꼽 인사를 하고 편의점 밖 어둠 속으로 사라졌다.

외조모와 단둘이 사는 애라고 했다. 구본희 말로는 부모가 없다는 말에 혹해서 홀랑 넘어갔다는, 다소 경박스러운 표현을 했지만 나는 구본희가 어떤 사람인지 잘 알고 있다. 시큰둥한 얼굴로 "너, 내일부터 나와서 일해라" 그게 전부였을 것이다. 길게 말하지 않으나 마음 씀씀이만은 수치로 계산할 수 없을 만큼 깊고 넓었을 테지. 봄바람처럼 살랑거릴 보드라운 그 마음을 이해한다고 아는 척하기 싫어서 괜히 딴소리했다.

"내가 딴 건 몰라도 보증 서면 끝장이란 거는 알지."

구본희도 우리 집 사정을 모르지는 않았다. 목이 말랐다. 냉장고를 열어 생수 하나를 집어 들고 계산대에 내려놓자 구본희가 생수병을 들더니 내 어깨를 때렸다.

"끝장 같은 소리 하네. 그걸 잘 아는 놈이 제일 비싼 생수를 들고 오냐? 창고 뒤쪽으로 가서 수돗물 마셔. 그게 싫으면 침 삼켜."

구본희는 낭만도 없고 인정머리도 없고 현실만 빠삭하게 알았다. 오늘 밤은 그 빠삭한 현실을 보여준 구본희가 어른 같아 보여 존경심이 일었다.

훈련은 늘 고됐다. 순탄하고 쉬운 하루라는 것이 존재하기는 할까.

권재훈은 오늘도 훈련장에 모습을 드러내지 않았다. 기재 코치는 평소와 다름없이 호루라기를 신나게 불어대며 훈련을 진행했다.

"저, 싱크로인데 혼자 올라가요?"

실전 훈련이 시작되고 10미터 플랫폼에 올라가라는 기재 코치의 말에 입이 저절로 튀어나왔다. 지금 상황을 누구보다 뻔히 알면서 혼자 싱크로 다이빙을 뛰라는 의도가 가히 수상쩍었다. 불필요한 일을 왜 시키는 것인지 의아했다.

"안 뛰면 너 혼자 물장구치고 놀 거야?"

"아뇨."

"올라가. 이미지트레이닝해. 둘이 한 몸으로 뛰는 것처럼 호흡하고 박자도 세고. 없어도 있는 것처럼."

계단을 올라가는 등 뒤에 대고 기재 코치가 던진 말은 다시 한번 숨을 고를 수 있게 만드는 힘을 주었다.

"믿음을 가져."

무신론자로 알고 있었는데 기재 코치 입에서 별의별 소리가 다 나온다. 상세히 일러주지 않아도 무엇에 대한 믿음인지, 누구를 향한 믿음인지 잘 알겠다. 크게 들이마신 숨이 오히려 가슴을 뻥 뚫리게 했다. 10미터 플랫폼 바닥은 차가웠다. 발가락이 꼬부라들까 봐 힘을 잔뜩 주었다. 눈을 감았다가 다시 천천히 눈을 떴다.

다이빙대 위에 서면 나만 볼 수 있는 세상이 있다. 아마도 권재훈에게도 자신만 볼 수 있는 세상이 여기에서 펼쳐졌겠지? 나는 나만의 풍경과 세상을 알 뿐, 녀석이 무엇을 보고 이 위에서 어떤 세상을 느꼈는지 알지 못했고 물은 적도 없었다.

'하나, 두울, 셋!'

둘을 세고 셋에서 뛰었는지, 셋까지 세고 허공에 몸을 날렸는지 기억이 희미했다. 내가 둘까지 세고 뛰었고 권재훈이 셋까지 세고 뛰었던가? 둘이면 어떻고 셋이면 어때서! 곁에 없는 녀석을 상상 속에 그려내고 몸을 던졌다. 별처럼 쏟아지는 천장 조명, 빠르게 돌아가는 몸의 회전, 습기가 가득한 다이빙장의 대형 유리창……. 변한 것은 아무것도 없는데 함께 뛰어야 할 파트너 자리만 비었다.

"노 스플래시!"

손끝으로 수면을 찢고 들어가는데 기재 코치의 외침이 들렸다. 그와 동시에 무서울 정도의 고요함이 찾아들었다. 차가운 물이 낙하한 몸을 어루만지듯 안아 들었다. 수면과의 마찰이 거의 없었던 탓에 몸이 무서운 속도로 바닥을 향해 가라앉았다. 결국 수영장 바닥에 발을 찍었다.

'인생이 바닥 친 줄 알았는데 고작 수영장 바닥이구나.'

바닥을 박차고 빛이 어른거리는 수면을 향해 두 팔을 뻗었다. 참았던 숨을 천천히 뱉었다. 수면 위로 그리운 얼굴 하나가 숫자를 세고 있었다. 하나, 둘, 셋이든 둘 다음에 셋을 세고 뛰든 아무래도 좋았다. 녀석이 돌아올 거라는 믿음을 가져도 괜찮지 않을까? 손가락 끝에 힘을 주어 수면 위에 떠오른 얼굴을 향해 손을 내밀었다. 하필이면 나를 쏘아보던 눈동자를 찔러버렸다.

살면서 이렇게 눈치를 본 적이 또 있었나 싶었다. 엄연히 따지고 보면 잘못한 것도 없는데 왜 난 눈도 제대로 못 뜨고 숨어서 뭐 하고 있는 짓인지 한심해 죽겠다.

'쟤가 약수를 저렇게 좋아했나?'

권재훈이 뒷산에 나타났다. 조용하던 산책길에 예상치 못한 멧돼지와 맞닥뜨린 것처럼 심장이 미친 듯이 뛰었다. 그렇게 뒷산에 오라고 할 때는 듣는 시늉도 안 하더니 녀석의 갑작스러운 등장에 오히려 내가 불편해서 미치겠다. 아는 척을 해야 할까 고민하는 이 상황도 우습고 시선 둘 곳을 몰라 이리저리 흔들리는 내 동공도 원망스러웠다. 곁눈질로 녀석이 약수를 몇 바가지 들이키나 살펴보고 있는 처지였다.

소나무 그늘 뒤에 어정쩡하게 기대서서 녀석의 동태를 살피는 중에 숨까지 죽이고 있는 내 모양새가 꼴사납게 느껴졌다.

약수를 마실 만큼 다 마셨는지 권재훈이 주변을 둘러보더니 평행봉으로 다가섰다. 가볍게 손목을 푸는 모습을 보니 왠지 모를 안도감에 조건반응인 양 나도 모르게 고개를 끄덕였다. 다이빙대에 올라가기 전에 볼 수 있는 권재훈의 루틴이었다.

"어, 어허! 거기 우리 박 선수 훈련장이야. 박 선수 훈련 아직 안 끝났어."

공터에서 훌라후프를 돌리던 기창 할아버지가 권재훈에게 제재를 가했다. 평행봉에 손을 올려놓은 녀석이 불에 덴 듯 손을 뗐다.

"박 선수……요?"

"응, 박무원이라고 다이빙 올림픽 유망주지."

홀라후프를 굴리며 기창 할아버지가 권재훈에게 다가섰다. 그 뒷말은 듣지 않아도 뻔했다. 박무원을 아냐? 다이빙은 아냐? 등등 듣고만 있어도 낯부끄러운 말들. 소나무 그늘에 몸을 숨기고 있는 것도 더는 꼴사나울 터였다.

"박 선수가 훈련하러 왔을 땐 평행봉을 양보하는 것이 이 약수터의 미덕이지, 암!"

권재훈이 주위를 두리번거렸다. 나와 시선이 얽혔다. 호흡을 고를 틈도 없이 마주치는 바람에 나는 바보같이 손을 흔들었다. 그나마 '안녕?'이라고 말하지 않아서 천만다행이었다. 인사를 받아주지 않았더라면 더 우스꽝스러웠을 텐데 다행히 녀석이 고개를 끄덕였다. 그러더니 평행봉을 보며 고갯짓을 했다. 말하지 않아도 무슨 말을 하는지 아는 사이가 있다면 그게 바로 우리였다. 나는 긍정의 뜻으로 오케이 사인을 보냈다.

권재훈이 평행봉 위로 뛰어올랐다. 힘차고 깨끗한 도약이었다.

"어허!"

경고하려고 나서는 기창 할아버지의 팔을 잡아끌었다. 쉬는 동안 어디서 평행봉 과외라도 받고 왔는지 녀석은 평행봉 위에서 다양한 동작을 시도했다. 어깨 상태가 안 좋은 것으로 알고 있는데 봉을 짚는 동작 하나하나가 깔끔했다.

"쟤도 올림픽이야?"

"네, 저보다 더 금메달감이에요."

사실이었다. 가만히 생각해 보니 나도 권재훈에 대해 누군가 묻는다면 나보다 월등하다고 이야기하기 싫었던 적이 있었다. 질투와 부러움, 자랑스러움과 시기가 뒤엉킨 감정들이 내 몸과 마음이 자라는 동안 함께였다. 결국 이 모든 감정은 당연하고 자연스러운 것이 아니었을까?

"흠……. 제법이네, 저 친구도."

어깨로 밀고 몸을 허공에 내던지는 권재훈의 동작에서 눈을 뗄 수가 없었다. 녀석은 다이빙장에 있는 듯 공중으로 몸을 던져 착지했다. 두 발을 땅에 내디디면서도 머리 위로 쭉 뻗은 두 팔을 풀지 않았다. 다이빙풀이었다면 립 엔트리, 노 스플래시가 확실했을 것이다.

진짜 얄미웠다. 무단으로 훈련도 빼먹고 두문불출하고도 저렇게 단정한 동작을 해내다니! 슬럼프가 찾아오니 어쩌니 해도 한 번 유망주였던 인간의 재능은 쉽게 바스러지지 않는 모양이었다.

박수 소리에 녀석과 나 사이의 긴장감과 어색함이 깡그리 무너졌다.

"브라보! 자네도 열심히 해. 박 선수만큼 훌륭해."

기창 할아버지의 노골적인 편애에 귀가 뜨거워졌다.

'내가 먼저 가는 게 낫겠지?'

미적거리면 더 우스워질 것 같았다. 별이 가득한 사진까지 보내놓고 나 몰라라 할 만큼 뻔뻔하지 못했다. 여기까지 온 것을 보면 권재훈도 제 나름대로 용기를 냈다고 볼 수 있었다.

다 알고 온 듯한 녀석의 행동에 쭈뼛거리며 다가가는 꼴이라니! 관절 마디마디가 다 굳은 느낌에 어이가 없었다.

"왔냐? 그렇게 오라고 할 땐 듣는 척도 안 하더니."

뜻밖의 대답이 귓가에 꽂혔다.

"질투했거든. 시기도 했고. 고까워서 모른 척했지. 그땐 속이 밴댕이 사촌이었어."

밴댕이란 소리에 웃고 말았다. 밴댕이를 제대로 본 적도 없는데 그냥 밴댕이가 살갑게 다가왔다. 권재훈의 머리를 한 물고기가 뇌리에서 오랫동안 헤엄칠 듯한 같은 예감이다. 자신의 감정을 고스란히 깨끗하게 드러내는 권재훈의 태도에 '역시!' 하며 감탄하고 말았다.

소나무에 기대 오랜 이야기를 나눴다. 한 나무를 등에 대고 같은 하늘을 보며 천천히 우리를 구성하는 모든 감정에 대해 떠들었다. 시기, 충격, 위기, 불안, 노심초사…….

"괜찮냐?"

"다섯 바늘. 죽진 않아. 지상 훈련이라도 해야지. 언제까지 너한테 밀릴 순 없지."

물론 나도 권재훈도 괜찮지 않다. 자라는 중이니까, 앞으로도 우리가 예측할 수 없는 현실의 수많은 결과에 넘어지고 깨질 테니까. 그래도 이렇게 같이 등을 나란히 기대고 설 수 있다면 괜찮지 않을까.

"늘 푸른 집, 가자."

〈늘 푸른 집〉에 가자고 제안하는 건 언제나 나였다. 그런데 오늘은 녀석이 먼저 손을 내밀었다. 나는 녀석이 쪽팔리지 않게 그 손을 덥석 잡기로 했다.

"나은강도 부를까?"

"그래야지. 나중에 우리 둘만 갔다는 거 알면 내내 잔소리할 테니까."

"잔소리로 끝나겠냐? 너 머리 또 터질지도 모른다."

이 정도의 뒷담화는 나은강도 이해할 테지.

산 아래로 향하는 발걸음이 한결 가벼웠다. 그 가벼움이 권재훈에게도 전염됐는지 녀석이 평소에는 잘 하지도 않던 농담을 시도했다. 존경해 마지않는 위대한 다이빙 선수 그렉 루가니스처럼 머리도 깨져봤으니 자신감이 충만하다고.

오래된 자료 화면 속에서 새처럼 도약하던 루가니스의 다이빙 장면이 머릿속에 파도처럼 일어났다. 온 힘을 다해 스프링보드를 박차고 나아가던 그가 스프링보드에 머리를 박고 물로 곤두박질치는 광경은 순식간이었다. 눈이 시리도록 새파란 물결에 파문이 일고 빨갛게 물들어 가던 다이빙풀을 나는 잊지 못했다. 권재훈도 마찬가지였을 것이다. 훈련에 나오지 않던 시간 동안, 제 상처가 아물기를 바라는 시간 동안, 녀석은 루가니스의 자료 화면을 얼마나 돌려봤을까?

"난 그 후예야. 메달도 딸 거고. 너랑 나랑."

마지막에 녀석이 은근슬쩍 건넨 '너랑 나랑'의 음색이 나긋했다. 거부할 수 없는 제안이었다. 함께 뛴다는 기대감이 다시 샘솟았다.

"……응, 나랑."

어쩌자고 기창 할아버지까지 모시고 〈늘 푸른 집〉에 왔는지 모를 일이다. 눈 떠보니 그냥 기창 할아버지가 우리의 맞은편에 앉아서 김말이 튀김을 꼭꼭 씹고 계셨다.

"쟨, 어떻게 알아?"

내 연락을 받고 달려온 나은강이 기창 할아버지를 향해 예의 바르게 배꼽 인사까지 하는 모습에 권재훈이 기겁했다. 곧이어 나은강이 나와 함께 뒷산에 왔었다는 사실을 눈치채더니 묘한 눈초리로 나를 빤히 쳐다보았다.

나은강을 본 기창 할아버지는 "아이고, 우리 또 다른 금메달도 왔구나"라며 반겼다. "제, 제가요?" 하고 반문했지만 또 다른 금메달 소리에 활짝 웃는 나은강이었다. 눈치 빠른 권재훈은 금세 오묘한 이 분위기에 적응했다. 기창 할아버지의 물티슈며 물컵, 개인 접시까지 가지런히 나열하며 제 나름대로 살갑게 굴었다.

"우리 선수들 덕분에 내가 즉석 떡볶이를 다 먹어보네."

두 손을 모으고 냄비 안에서 끓고 있는 떡볶이를 경건하게 바라보는 기창 할아버지는 흡사 소년 같아 보였다. 평소와 달리 맵기를 '상'으로 선택했다. 보통은 '중'으로 맵기를 정하는데 크게 다투고 난 후에는 암묵적으로 '상'으로 골랐다. 그것이 우리만의 규칙이었다.

맵기를 고르기 전에 기창 할아버지께 매운 것 드실 수 있냐고 여쭈었다. 〈늘 푸른 집〉의 매운 떡볶이는 뻔하게 상상할수 있는 맵기와 전혀 달랐다. 〈늘 푸른 집〉이란 이름은, 어쩌면 너무 매워서 눈앞이 파래진다는 의미이기도 했다. 눈앞이 노래진다는 표현은 있어도 파래진다는 건 뭔가? 하고 물을 수도 있겠다. 눈앞이 파래지는 건 너무 매워서 눈이 멍 들 정도의 충격이라고 애들이 억지 부리는 설명을 들은 적이 있었다.

"이건 지옥에서 온 떡볶이인가?"

호기심을 참지 못하고 매콤한 소스를 한 숟가락 떠먹은 기창 할아버지는 헛기침을 호되게 했다. 끓을수록 떡볶이의 붉기가 더 진해지는 것 같았다.

"떡볶이 놔두고 제사 지내는가? 애들 먹게 잔소리 좀 그만

하쇼."

주인 할머니가 서비스 튀김만두를 테이블 위에 올려놓더
니 기창 할아버지를 향해 눈을 흘겼다.

"주인 할멈의 맵기가 떡볶이 국물만큼 어마어마하구먼."

기창 할아버지의 장난기 가득한 말에 주인 할머니는 대놓
고 콧방귀를 뀌었다. 그러더니 단무지를 집어 먹는 기창 할아
버지를 향해 쓸데없이 단무지만 집중공략 하지 말라는 충고도
했다. 주인 할머니는 단무지로 배 채우는 손님을 싫어했다. 떡
볶이 집에 왔으면 떡볶이로 배를 불리라는 게 할머니의 지론
이었다.

매운 양념에 연신 자두맛 쿨피스를 마셔대면서도 우리 셋
은 젓가락질을 멈추지 않았다. 매운맛이 코끝을 찌를수록 코
를 훌쩍거리며 우리의 지난날을 되돌아보고 반성하기도 했다.

셋이 나란히 앉아 별말 없이 떡볶이만 먹는 모습이 기창
할아버지 눈에는 신기했나 보다. 단무지 하나를 입 안에 넣고
아주 오래도록 천천히 씹더니 기창 할아버지는 마침내 우리
셋에게 말을 걸었다.

"음, 그러니까 결국에는 누가 얼마나 공포를 잘 이겨내느
냐의 싸움이구나."

묘한 뉘앙스가 숨어 있는 말이었다. 뜬금이 없기도 했지만
한편으로는 기창 할아버지가 모든 것을 귀신처럼 꿰뚫어 보고

있다는 증거이기도 했다. 공포를 이겨낸다는 것은 눈앞에 놓인 떡볶이의 매운맛을 참아내야 한다는 의미이기도 했고, 다이빙 선수의 삶을 사는 우리 셋이 성공하는 길은 누가 공포를 더 빨리 이겨내느냐에 달려 있다는 뜻이기도 했다.

"할아버지, 얘네들 같이 뛰는 싱크로 다이빙이라는 종목을 하는데 둘이 싸웠대요."

노래 부르듯 나은강이 기창 할아버지한테 권재훈과 나 사이를 고자질했다. 흉을 보는 말인데 어쩐지 경쾌한 운율이 느껴져서 테이블 아래로 발을 까딱까딱 흔들었다.

'괜히 불렀어, 나은강. 별소릴 다 한다.'

권재훈의 눈빛이 무엇을 말하는지 나만큼 잘 읽어내는 사람은 없다. 나는 아주 작게 고개를 끄덕이며 동조를 했다.

"같이 뛰는 우리 두 친구가 좋은 꼴, 흉한 꼴, 다 봤으니 이제 뭐가 와도 다 이길 수 있겠다."

기창 할아버지의 결론은 명쾌했다. 총을 들어본 사람은 인생의 모든 것을 간단하게 볼 수 있다는 말을 한 적이 있었다. 극단의 상황에 부닥쳐 본 사람은 어떤 최악의 상황이 와도 바닥으로 떨어지지 않는다고 했다.

뒷산 약수터에서 기창 할아버지를 서너 번 만났을 즈음이었다. 훈련 중에 먹을 닭가슴살이 지겨워서 맛이라도 좀 보시라며 나눠드린 적이었는데 공짜 간식은 받지 않는다며 기창 할아버지는 당신의 옛날이야기를 살짝 해줬다. 훈련이 힘들어서 죽겠다는 내 투정에 기창 할아버지는 최선을 다해 싸우라고 질타했다.

"내가 그 친구한테도 최선을 다해서 싸우라고 닦달을 했었지. 그러면 끝까지 살아남을 줄 알았거든, 그때는……. 그런데 아니었어. 순직했거든. 전쟁이 끝나고 그 친구의 고향집을 찾았지. 여동생이 하나 있다고 늘 자랑삼아 이야기했었거든. 아버지가 안 계셔서 자신이 아비 노릇까지 해야 한다고, 좋은 곳으로 시집 보내서 사랑받으며 편히 살게 하겠다고……."

닭가슴살을 잘 씹지도 못했다. 맛이 없냐고 물었지만 아마도 기창 할아버지는 옛 생각에 목이 메었을 것이라는 확신이 들었다. 오랜 흑백영화를 보듯 기창 할아버지의 이야기 속 전사한 친구와 어린 여동생을 떠올렸다.

"그분 결혼했어요?"

엉뚱한 상상을 했다. 기창 할아버지의 아내분이 어쩌면 전사한 전우의 여동생이 아닐까, 하고 말이다.

"좋은 곳으로 시집보냈지. 제 오라비 대신 말이야. 그 애 오라비만큼 좋은 사내를 만났어."

늘 유쾌했던 기창 할아버지의 이면을 보았던 날이었다. 한 사람의 마음에는 수많은 방이 존재하고 헤아릴 수 없는 크고 깊은 사연이 뼈와 살 속에 스며 있을 수도 있겠다 싶었다.

"더 뜨겁게 끓였다간 혓바닥에 불붙겠다. 우리 선수들, 메달도 따기 전에 쓰러지면 안 되지."

가스 불을 끄며 기창 할아버지가 너털웃음을 터뜨렸다. 스스로 한 농담이 마음에 들었는지 우리에게 엄지손가락까지 들어 보였으니까.

"걱정하지 말고 먹자. 너희들은 아주 잘하고 있다."

사람을 향해 총구를 겨눠본 것보다 최악의 삶은 존재하지 않는다는 게 기창 할아버지의 지론이었다. 그러니 수많은 감정의 소용돌이에 휘말려 이리저리 흔들리는 우리들의 모습도 괜찮은 것이겠지. 누구도 최악으로 살지 말라고 기창 할아버지는 목숨을 걸고 총을 들었다고 했으니까.

나는 기창 할아버지가 고마웠다. 코끝이 찡하게 울리는 건 매운 떡볶이 소스 탓이었다.

"팀워크."

쿨피스가 가득 든 컵이 내 팔꿈치 쪽으로 밀려왔다. 권재훈이었다. 남은 쿨피스를 내 컵에 몽땅 따랐는지 나은강이 자리에서 일어나 새 쿨피스를 가지러 냉장고로 향했다.

팔꿈치

"둘, 셋, Go!"

권재훈과 나는 태어날 때부터 한 몸이었던 것처럼 일사불란하게 움직였다. 우리가 함께 합의를 본 구호는 셋을 센 다음 'Go'를 외치면서 도약하는 것이었다.

플랫폼에 들어서면서 동시에 왼발을 내딛는 순간, 마음속으로 '하나' 하고 구령이 시작된다. 그리고 둘이 입을 모아 '둘, 셋, Go!'를 외치는 흐름이 물 흐르듯 흘렀다. 도약을 위해 걸음을 떼는 박자는 빨라졌고 발걸음은 점점 더 단단해졌다. 그것보다 더 견고해진 것은 녀석과 나의 마음이었다.

"플랫폼 위에선 우리 둘뿐이야. 의지할 사람은 너뿐이라고, 여기선."

권재훈이 훈련장으로 다시 돌아온 첫날, 내가 녀석에게 당부한 것의 전부였다. 잘 뛰어서 엄청난 기록을 세우자는 것도 아니었고 우리 둘만 볼 수 있는 풍경을 온전히 우리의 것으로 만들 수 있기를 바랄 뿐이었다. 그러기 위해서는 서로가 서로를 믿어야만 했다. 도약을 위해서 다이빙대 끝으로 향하는 발걸음은 늘 무겁고 두려웠지만 둘이 함께 뛴다면 혼자서 감당해야만 했던 공포도 반이 될 테니까 까딱없겠지.

"팔꿈치 스위치 켜라."

"오케이, 스위치 온!"

손끝으로 수면을 찢고 팔꿈치에 맞부딪히는 물의 흐름을 느끼는 찰나 승패가 판가름 났다.

쉽지 않은 기술을 선택했다. 앞으로 두 바퀴 반 돌고 몸통을 비트는 트위스트 동작, 난이도 3.9는 동네 개 이름이 아니었다. 권재훈이 복귀한 뒤 하루도 빼먹지 않고 우리는 체력 훈련에, 기술훈련, 비트 훈련까지 늘 함께였다.

"정말 괜찮겠어?"

걱정스러운 내 물음에 녀석이 내 코앞에 자기 머리를 들이밀었다.

"야, 박무원. 내가 머리가 깨졌지, 실력이 줄었냐? 너나 정신 차리고 동작해."

다행이었다. 다시 내가 알던 권재훈으로 돌아왔다. 우리의 경쟁 상대는 더는 서로가 아니었다. 서로 다른 두 몸을 한 몸처럼 만드는 것, 그것이 우리 둘의 새로운 목표가 되었다. 이제 전국체전까지 두 달도 채 남지 않았다. 나를, 그리고 우리를 증명할 기회였다.

아빠가 사라졌다. 그저 복잡한 머리를 식히러 바람을 쐬러 나갔으리라고 단순히 생각한 것이 오판이었다. 아빠가 집에서 나간 지 사흘이 돼서야 엄마는 아빠와 연락이 닿지 않는다며 현관 입구에 주저앉았다. 공교롭게도 현관에 밑창이 다 닳아버린 아빠의 운동화가 덩그러니 놓여 있었다. 뒤축이 무너지고 가죽이 다 헤진 모양새가 엉망이었다. 아마도 합성피혁일 것이다. 앞코 부분의 가죽이 손으로 문지르자 가루처럼 부스러져 내렸다. 엄마는 그 모습을 보고 울기 시작했다. 부스러진 가루가 아빠 같다고 느꼈을까?

실종 신고를 하는데 당황스러웠다.

"네네, 성인 남자분이시고요. 나이는……."

실종 신고는 구본희가 했다. 나를 보고 입 모양으로 '나이?'라고 물었다. 아차, 싶었다. 아빠 나이가 정확히 몇인지 알지 못했다.

"마흔아홉."

흐느끼던 엄마가 울음을 삼키고 똑똑히 말했다. 구본희는 경찰과 통화를 하며 꼼꼼히 뭔가 메모를 했다. 나는 종이 위에 부지런히 뭔가를 적는 구본희의 손을 바라보았다. 뼈마디가 단단하게 드러난 손가락이 바쁘게 움직이고 있었다. 굳은살이 자리 잡은 저 손이 아빠를 찾아낼 수 있을 것만 같았다.

"이제 어떡하니?"

울음에 치여 목이 잠긴 엄마가 간신히 제 목소리를 냈다. 구본희는 엄마에게 따뜻한 물 한 잔을 가져다주더니 냉정할 정도로 침착한 얼굴로 말했다.

"일단 기다리는 수밖에요. 전 그럼, 알바 다녀올게요."

지독하다고 속으로 욕하려는데 집을 나서던 구본희가 다시 집 안으로 돌아와 소파에 넋을 놓고 앉아 있는 엄마를 안아주었다.

"아저씨, 돌아오실 거예요. 이렇게 따뜻한 집이 있는데 어딜 가시겠어요."

우리 집이 따뜻하다는 사실을 처음으로 알았다. 나에겐 그냥 집이었는데 구본희 입을 통해 흘러나온 우리 집은 따뜻해서 나가면 언제나 빨리 돌아오고 싶게 만드는 곳이라고 했다. 하지만 엄마는 '따뜻한 집'이란 구본희의 말에 더 크게 울고 말았다. 엄마가 이렇게 험한 소리를 내며 울 수 있다는 사실에 나는 적잖이 당황했다.

구본희가 알바를 하러 나가고 엄마와 내가 할 수 있는 일이라고는 불도 켜지 않고 소파에 나란히 앉아 거실 창으로 밤이 다가오는 풍경을 지켜보는 일뿐이었다. 침묵을 비집고 입을 열었다.

"엄마, 아빠 말이야……. 강에 가지는 않았겠지?"

입 밖으로는 '강'이라고만 했지만 내 머릿속엔 '한강'이란 단어가 맴돌았다. 불길한 단어였다. 지금 상황의 나에게는.

"거긴 안 갔을 거야. 네 아빠…… 강 무서워해. 물, 무서워하거든."

엄마는 정면을 주시하고 있었다. 텔레비전 장식장 귀퉁이에 놓인 가족사진을 노려보고 있는 듯했다.

"강, 아니 물을 무서워한다고?"

그래놓고 나한테 수영과 다이빙을 가르쳤다니! 건강한 삶과 물은 떼려야 뗄 수 없다고 나한테 얼마나 강조를 했던가! 아빠는 뻥쟁이였다. 태어날 때부터 미숙아였던 나를 건강하게 키우겠다며 손잡고 수영장으로 향했던 사람도 아빠였고 무섭다는 나를 물에 던져 넣은 사람도 아빠였다. 그런데 정작 당신은 물을 무서워한다고? '건강=수영'이라는 기적의 논리에 한 치의 흔들림이 없었던 아빠가 물을 두려워한다는 사실에 나는 말을 잃었다.

"한강으로 갈 생각은 절대 못 할 테니까 걱정하지 마."

단호한 엄마의 음성에 괜히 부아가 났다. 그러나 치맛자락을 꼭 쥐고 옴짝달싹 못 하는 엄마를 보니 한강으로 갈 생각을 못 한다는 말은 아빠가 분명 무사할 거라는 주문이라는 생각이 들었다.

"다음 주에 시합이 있어요. 도 대표 선발 경기인데 아빠가 봤으면 좋겠는데……."

"네 경기라면 자다가도 벌떡 일어날 사람인데. 그때까지 들어와야지."

나는 빚보증의 무게를 가늠하지 못하는 어린애였다. 열일곱, 다 컸다고 큰소리를 쳤지만 집안의 빚을 감당해 낼 만큼 자라지 못했으니까. 경찰에 신고하는 것과 기다리는 것 말고는 할 수 있는 일이 전혀 없다는 현실에 기가 막혔다.

침착한 척하려고 안간힘을 썼지만 다리가 달달 떨렸다. 다리 떨면 복 떨어진다고 질색하던 아빠였는데……. 다리 떠는 것이 문제가 아니라 보증이 문제였다. 공장을 접는다고 했을 때 너무 아무렇지 않게 말해서 다들 걱정은 했지만 아빠가 어련히 알아서 처리하겠지, 하고 안이하게 생각한 게 사실이었다.

"문자라도 남겨. 지금 당장은 안 읽더라도 언젠가는 읽겠지. 네 아빠, 휴대폰 꺼놓는 거 이틀 못 버틴다에 내가 남은 빚 건다."

엄마가 이토록 유머가 있는 사람인 줄은 오늘에야 알았다. 조금 전까지 소리 내어 울던 사람과 동일인인가 의심스러웠다. 그래도 유머를 통해 마음을 잡으려는 엄마의 안간힘이 안

쓰러워 마음이 좋지 않았다.

나는 아빠와 엄마를 몰라도 너무 몰랐다. 국가대표, 훈련, 순위에만 목말라 정작 부모님이 어떤 마음으로 사는지조차 알려고 하지 않았다. 불효자에 대한 정의를 내릴 수 있다면 '박무원' 내 이름 석 자를 걸면 되지 않을까?

석상처럼 꼼짝하지 않고 앉아 있던 엄마가 자리를 털고 일어섰다.

"어디 가요?"

"밥하러."

아빠가 증발한 이 순간에 끼니를 챙기는 엄마의 행동에 경외심이 들었다. 넋 놓고 울음을 터트렸던 모습이 허상같이 느껴졌다.

"없는 사람은 없는 거고 일단은 너 밥 먹어야지. 내 직업의식이 이 정도일 줄……."

말끝을 흐리는 엄마는 외로워 보였고 지쳐 보였으나 쌀을 씻는 동작만은 단호했다. 차려지지 않아도 눈에 선했다. 내 훈련 일정이 어떤지 아는 엄마는 단백질과 비타민이 풍부한 상차림을 펼쳐 보일 것이다.

아빠는 내가 보낸 톡을 읽지 않았다.

'문자라도 남겨. 언젠간 읽겠지.'

엄마는 아빠를 가장 잘 아는 사람이었다. 나는 엄마 말을 따르기로 했다. 얼씹을 수십 번, 수백 번 당해도 상관없었다. 아빠만 돌아온다면 말이다. 그리고 나는 백 마디의 말보다 더 강력한 메시지를 아빠에게 보냈다.

졸업한 선배 하나가 그런 말을 한 적이 있었다. 우리는 살아있는 내내 지옥을 맛보았으니 죽어서는 반드시 천국에 갈 거라고.

웨이트트레이닝을 하고 있으면 지옥이 여기구나, 하는 것을 절실히 깨달았다. 그 지옥이 좋다고 내 발로 걸어왔으니 누구를 원망할까 싶지만 경기 일정이 다가올수록 웨이트의 강도는 최고점을 찍는 중이었다. 게다가 나는 돌아오지 않는 아빠란 존재를 전신에 매달고 있었다.

로잉머신을 탈 때면 '대체 내가 이걸 왜 타고 있지?'란 생각이 온몸을 강타했지만 멈출 수는 없는 노릇이었다. 2000미터는 그야말로 사람 환장하게 만드는 거리였다. 숨을 내뱉을 때마다 단내가 진동했다. 욕지거리는 기본 옵션이었다. 욕을 하지 않으면 허벅지에 불이 붙었다고 착각할 지경이었다. 차라리 물에 뛰어들고 싶다고 애원할 판국이었다.

"너, 무슨 일 있냐?"

동체시력이 남다른 권재훈을 속일 순 없지. 이젠 남의 속마음까지 꿰뚫어 보는 재능까지 탑재했나 보다.

"아빠가 증발하셨어."

"뭐?"

알고 지낸 지가 몇 년인데 이렇게 당황하는 녀석을 보는 건 나도 새로웠다.

"사춘기도 아닌데······. 사라지셨어."

운동할 맛이 안 났다. 결국 결선에서는 멘털 싸움인데 나는 이미 틀려버린 것이나 다름없었다. 들던 역기를 내려놓고 권재훈이 내 쪽으로 다가왔다. 개인 운동 일정이 꼬이면 늘 예민해지던 녀석이 내 말 한마디에 들던 역기를 바닥에 내려놓았다는 건 감동할 일이었다.

"어쩌냐? 내가 도울 일은?"

나에게 건네는 멘트가 이젠 제법 한 팀이라는 냄새가 물씬 풍긴다. 지옥 같은 머릿속에 한 줄기 빛이 비치는 기분이랄까.

"글쎄, 노 아이디어."

백지장도 맞들면 낫다고 배웠는데 나한테는 적용되지 않는 까마득한 소리였다. 잠깐 반짝했던 빛줄기가 시원찮게 사그라들었다. 레그 프레스의 무게보다도 지금의 내 머릿속이 더 버거웠다.

"어어, 이 자식들! 이젠 팀으로 농땡이를 치시겠다?"

기재 코치의 등장에 너 나 할 것 없이 고개를 돌렸다. 걸렸으니 필시 엉뚱한 이유를 붙여서라도 추가 훈련을 시킬 게 뻔했으니까. 괜히 나 때문에 녀석까지 플러스 지옥을 맛보게 되는구나 싶었는데 기재 코치가 기적에 가까운 소리를 했다.

"흠, 내 경험에 비추면 말이다. 아버지들은 딱히 갈 데가 없어요, 생각보다 말이지. 그래서 말인데 우리 아버지도 가끔 찜질방으로 도망치시고는 했지."

다리에 힘이 풀려버렸다. 지옥의 무게가 허벅지가 아니라 심장을 뚫고 쳐들어왔다.

증발한 곳이 고작 찜질방이라니! 아빠의 창의력도 참 어지간하다. 기재 코치를 신이라고 불러야 하나? 아니면 어른들 표현대로 돗자리라도 깔라고 해야 하나?

아빠는 집에서 고작 세 정거장 떨어진 거리의 찜질방에 있었다. 숨으려면 집에서 최대한 멀리 떨어진 외딴 도시의 찜질방으로 가든지 할 것이지. 그나마 근처 찜질방 시설 중에 제일 괜찮은 곳을 검색해서 찾은 첫 찜질방에서 아빠를 바로 발견한 것은 행운이었다.

식혜와 수정과 사이에서 뭘 먹을까 고민하는 아빠의 눌린 뒷머리를 바로 알아본 나 자신이 기특했다. 아빠가 머쓱하지 않게 자연스럽게 다가가서 말을 건넸다.

"전 식혜요."

아빠가 기겁하며 나를 돌아봤다. 식혜라고 적힌 메뉴에서 눈을 떼지 않는 나를 잠시 주시하는 듯하더니 식혜 두 잔을 주문했다. 우리는 넓은 찜질방 공간을 가로질러 커다란 기둥 뒤에 자리를 잡고 앉았다.

아빠를 찾았고 마주 앉기까지는 했는데 무슨 말을 어떻게 해야 할지 계획에 없었던 터라 나는 식혜만 들이켰다. 입을 떼지 않고 마시다 보니 달달한 맛에 무뎌졌다. 마치 아빠가 날 위해 해줬던 모든 일이 너무나 익숙해져서 당연한 것처럼 느껴졌듯이 말이다.

식혜를 다 마시고 나자 딱히 할 말이 떠오르지 않았다. 어색한 기류가 아빠와 나 사이에 흘렀다. 우연히 아빠의 발가락에 시선이 갔다. 웃음이 나버렸다. 꼼지락거리는 발가락이 닮았다. 왼쪽 엄지발톱 옆에 검정 깨알만 한 점이 있는 것까지 똑같았다. 억지로 웃음을 참고 있는데 아빠가 뜬금없는 질문을 했다.

"안 무섭냐?"

내 삶에 대한 질문이겠다 싶었다. 다이빙대 위에 서는 위태로운 삶에 대한 궁금증이겠다.

"뭐가 무서워요, 죽는 것도 아닌데……."

호기롭게 웃었지만 적응돼서 덜 무서운 거지, 두렵지 않은 점프는 이 세상에 존재하지 않았다. 특히나 내 앞에 놓인 모든 경기는 최선을 다하는 정도가 아니라, 죽기 살기로 뛰어야 하는 경기였다.

'하루에 150번 이상 뛰어내릴 자신이 없다면 어떻게 되는 걸까?'

본격적으로 다이빙을 시작하면서 하루가 멀다 하고 스스로에게 묻던 질문이었다. 프로가 되기 위해 내가 감내해야 할 다이빙 횟수를 150번으로 정해놓자 답이 보이지 않아 답답했다.

아무것도 모르고 시작했다. 어릴 때부터 물이 좋았고 물속에 들어가면 나를 방해하는 것도 귀찮게 하는 소음도 없었으니까. 푸른 고요함에 매료되어 물에서 지내는 시간이 점점 늘어났다. 친구 따라 강남 간다고 재미 삼아 뛴 다이빙이 해방구가 되었다. 새로운 시작, 또 다른 도전이 제법 근사해 보였다. 남들이 쉽사리 하지 못 하는 일을 한다는 것에 대한 자부심이 나날이 커졌다. 1미터에서 시작된 다이빙 선수 생활이 중학교에 올라가면서 10미터에 이르렀다.

높이가 높아질수록 공포와 성취감이 비례되었다. 수면을 찢고 입수할 때마다 느껴지는, 팔꿈치 끝에서부터 올라오는 전율을 포기하지 못하고 계속되는 도전은 나를 온전하게 살게 했다. 그러나 목표가 점점 높아지면서 성취감보다는 공포심에 사로잡히는 나날이 늘어갔다.

나는 내 팔꿈치가 무서웠다. 잘못 입수하는 순간도, 잘 들어간 순간도, 팔꿈치가 먼저 알았다.

'삶의 무게가 가벼운 사람이 있겠니? 그러나 뛰는 순간만큼은 우린, 한없이 가벼워져야 해.'

고등학교에 입학하자마자 첫 전국체전을 말아먹고 샤워장 구석에서 눈물을 짜고 있는 내게 기재 코치가 진지한 말을 남겼다. 경기에 뛰지도 않았으면서 내 옆에 서서 벌거벗고 샤워를 하는 기재 코치의 모습은 위로가 되었다. 무심코 돌아본 기재 코치는 샤워하면서도 까치발을 들고 있었다.

"변태냐? 뭘 봐?"

내 시선이 자신의 까치발에 가닿은 것을 확인한 기재 코치가 장난치듯 발을 들었다 놓았다를 빠르게 반복했다.

"습관이다. 평생을 다이빙대 위에 섰잖니. 발끝에 체중을 신고 나를 확인하는 거지, 지금도 말이야. 종아리 근력에도 도움이 되잖아."

이런 정성이 오늘의 저 사람을 만들었구나, 하는 생각이 들자 왠지 모를 존경심이 일었다. 나도 모르게 까치발을 따라 했다. 허벅지가 땅기고 짜릿하게 땅겨오는 근육의 미세한 움직임은 심장까지 다독였다.

나는 나만의 비법을 아빠에게 일러주기로 마음먹었다.

"아빠. 힘들면 까치발을 한번 들어보세요."

"으응?"

제정신이냐고 물을 줄 알았는데 의외로 아빠는 담담한 어투로 뭐가 좋은데 그걸 시키냐고 했다. 빨대를 입에 물고 있었지만 이미 식혜가 바닥이 난 것을 나는 모르지 않았다. 아빠는 어색한 상황을 이기지 못해 괜히 죄 없는 빨대만 괴롭히고 있는 셈이었다.

"다이빙대 끝자락에 서서 공중으로 도약할 때 가장 필요한 게 밸런스거든요? 균형. 까치발을 하면 종아리에 힘이 들어가고 그 힘이 내 몸은 당연하고 정신까지 꽉 붙들어 줘요."

"그래서?"

나의 착각일까? 아빠의 눈자위가 빨갰다. 충혈된 눈동자는 고된 아빠의 삶을 슬쩍 엿보라고 내게 힌트를 건네는 듯했다.

"그러면 세상에 하나도 무서운 게 없어지더라고요. 아래로 뛰어내리는 게 두렵지 않게 돼요."

두렵지 않은 인생이 지구상에 있기는 한 걸까? 나는 아빠의 무게도, 코치의 무게도 알지 못하는 열일곱이지만 딱 내가 감당할 만큼의 두려움과 무게를 아직 잘 짊어지고 있다. 그래서 아빠도 잘 견뎌줬으면 싶었다.

아빠가 갑자기 자리에서 일어섰다. 두 손을 허리춤에 얹더니 끙, 하는 소리와 함께 까치발을 들었다. 찜질복 반바지 아래로 드러난 종아리 근육이 수축되는 게 보였다. 발끝이 바들거리더니 금세 휘청거렸다. 그러나 아빠는 쓰러지지 않았다. 호흡을 멈추더니 다시 다리에 힘을 주고 까치발로 몸을 지탱

했다. 종아리 근육이 불거졌다.

나는 손뼉을 쳤다. 내가 다이빙으로 종목을 바꾸고 1미터 스프링보드에서 입수에 성공했을 때 구경 왔던 아빠는 손바닥이 빨개지도록 박수를 쳤다.

"넌 내가 모르는 세상에 첫발을 내디뎠구나. 장하다, 우리 아들."

나는 아빠의 장한 아들이었다. 지금의 나는 아빠의 장한 아들인지 아닌지 모르겠다. 하지만 아빠가 내 뒤를 든든하게 지켜줬으니 이제는 내 차례였다.

"땀 그만 빼고 집으로 가요."

까치발을 들었던 발끝이 흔들리더니 바닥으로 발바닥이 떨어졌다.

"내가 무슨 면목으로……."

나는 아빠를 찾으러 나오기 전에 엄마가 내 등 뒤에 대고 했던 혼잣말을 전하지 않겠다고 다짐했지만 그러지 않기로 결정했다.

"엄마가 찜질방은 공짜냐고 그랬어요. 어차피 아빠 면은 보증 서면서 사라졌으니 걱정할 필요 없다고요."

보증 소리에 화를 내거나 의기소침해질 것이라 예상했던 것과 달리, 아빠는 큰 소리로 웃기 시작했다. 주위에 있던 사람들이 우리 부자를 돌아볼 정도로 큰 소리였다. 아빠는 놀라서 멍해진 나를 향해 손을 내밀었다.

"가자, 집으로."

아빠의 두 손을 잡았다. 아빠의 면은 보증 서는 순간 사라지고 없을지 몰랐으나 내 등을 밀어주던 단단한 손은 남아 있었다. 철모르던 시절의 어린애처럼 아빠의 손에 체중을 한껏 실으면서 일어났다. 내 몸무게 때문에 잠깐 휘청거렸지만 아빠는 내 손을 놓지 않았다.

"엄마는…… 괜찮지?"

찜질복을 벗으며 아빠가 내게 물었다. 나는 이를 드러내고 웃으며 다정스레 대답해 줬다.

"엄마가 집에 올 때 아빠 목숨 반은 대문 밖에 두고 들어오래요."

뭐가 그리 좋은지 아빠는 히죽거리며 두 손으로 뺨을 문질렀다. 그 모습이 어쩐지 보기 좋았다.

"아빠. 목숨 반은 대문 밖에 둘 때 두더라도 우리 바나나우유 하나씩 먹을까요?"

뜨거운 탕에 때를 불리고 때를 미는 과정이 어린 시절에는 최악의 시간이었다. 살가죽이 벗겨지는 것 같다고 늘 엄살을 부리며 징징거렸다. 그러나 목욕을 마치고 나면 아빠는 늘 바나나우유를 내 손에 쥐어주었다. 이번엔 내 차례였다.

"나 보증 섰다 망한 사람이야. 바나나우윳값, 없다."

나는 아빠의 손을 잡아끌었다. 음료 냉장고 앞에 나란히 섰다. 나는 바나나우유를 꺼내 아빠 손에 쥐어주었다. 예전의 아빠가 나에게 그랬던 것처럼.

우리는 말갛게 환해진 얼굴로 집으로 향했다. 다 먹은 바나나우유 통을 버리지 못하고 손에 꼭 쥔 채로.

회전수는 물론이고 몸을 비트는 각도와 발끝부터 손끝까지 맞아떨어졌다. 우리는 둘이었지만 한 몸처럼 움직였다. 피나는 연습의 결과이기도 했지만 권재훈과 나처럼 싱크로나이즈드 다이빙을 뛰는 선수들이라면 당연한 일이었다. 결국 승자와 패자로 나뉘는 기준은 멘털 싸움이었다. 우리의 멘털은 하루가 다르게 견고해졌다.

나은강이 찍어준 동영상을 보고 동작을 점검했다.

"상체 각도가 좀 차이 나는데? 너, 왼쪽으로 살짝 더 틀어야 하지 않냐?"

동영상에서 시선을 떼지 못하는 권재훈의 눈에서 레이저가 나오는 줄 알았다. 녀석은 골똘히 몰두해서는 영상 속의 우리가 몸을 비틀고 회전을 하면 미간을 있는 대로 구겼다.

"야, 차이는 무슨 차이. 머리카락 아니 마이크로, 나노만큼의 차이도 안 나면 우리가 사람이냐?"

"흠, 그렇게 되나?"

"당연하지. 권재훈, 나 봐. 내가 허리가 너보다 더 길어. 착시야 착시. 우리, 잘하고 있어."

생각해 보니 사춘기를 관통하면서 신체 변화 때문에 스트레스를 엄청나게 받던 시기가 있었다. 무심한 어투로 내게 한마디 툭 던지고 간 권재훈 덕분에 떨치고 일어설 수 있었다.

'늘씬한 다리도 소용없어. 내가 봤을 땐 상체가 길어야, 그러니까 허리가 긴 게 짱이야, 너처럼.'

흘려서 들으면 기분 나쁘기 짝이 없는 소리였지만 곱씹다 보면 권재훈식 격려요, 응원이었다. 자고 일어나면 변하는 신체 때문에 정신을 못 차리던 내게 냉정하게 나 자신을 찬찬히 관찰하게 만들었던 것이 녀석의 말이었다. 긴 허리도, 굵은 발목도, 이마에 난 여드름까지도, 나란 인간을 이루는 모든 것들은 다 이유가 있었다.

"긴 상체는 공중 동작을 더 눈에 띄게 만들 거고 굵은 발목은 다이빙대 위에서 흔들림 없이 단단히 서 있을 수 있게 하겠지."

별것 아니라는 듯 툭툭 내뱉는 권재훈의 말이 얄미웠다. 나에게 큰 고민인 사실들을 녀석의 입을 거치면 아무것도 아닌 게 되어버려서 내가 괜한 고민을 한 소심남처럼 느껴져 짜증이 일었다.

"야! 그럼 이거, 이마에 여드름은 뭐라고 할 건데?"

기습 질문을 했다. 권재훈이 내 이마에 난 좁쌀 여드름을 뚫어져라 쳐다보았다. 꼴 보기 싫게도 녀석의 이마는 잡티 하나 없이 매끈했다. 괜한 자격지심에 어금니를 꽉 깨물었다.

"아, 그거. 여드름은…… 네 호르몬이 왕성하다는 거지. 박무원, 넌 아주 잘 크는 중이다."

"아이 씨, 진짜. 헛소리는."

결국은 웃고 말았다. 애늙은이 같은 권재훈의 말이 나의 단점을 장점으로 둔갑시켰다. 녀석의 말속에서 나는 아주 괜찮은 십 대로 자라는 중이었다.

나는 아래로 추락하면 추락할수록 더 단단하고 더 괜찮은 사람으로, 선수로 성장하고 있었다. 추락한다는 것은 모든 것을 내던질 수 있다는 용기와 배짱, 그리고 내가 하는 모든 것을 걸고 뛴다는 신념을 지닌 사람이 된다는 의미이기도 했다.

다시 뛰기 위해 계단으로 올랐다. 눈앞의 권재훈 엉덩이에 시선이 꽂혔다. 녀석의 새 수영복이 어느 틈에 내 꽃무늬 수영복과 똑같이 바뀌어 있었다. 나은강이 며칠 전 밤에 권재훈의 문자 한 통에 수선을 피웠다.

'박무원, 권재훈이 미쳤나 봐. 야밤에 나보고 너랑 똑같은 꽃무늬 수영복 어디서 사냐고 묻더라.'

10미터 위를 향해 발걸음을 옮기는 녀석의 차분한 움직임, 그리고 근육으로 다져진 엉덩이……. 모든 것이 꽃밭이었다.

나는 이제 그 꽃길을 녀석과 함께 온 정성을 다해 걷고 싶은 마음뿐이다.

"권재훈."

늘 부르던 이름이었지만 지금 이 순간만큼은 내 영혼이 떨릴 만큼의 긴장감을 갖고 불렀다. 지상으로부터 10미터 떨어진 곳에 우리 둘뿐이었다. 다이빙대 끝자락에 어깨를 나란히 하고 서서 녀석이 대답했다.

"왜?"

언젠가 다이빙 선수로서 은퇴하게 되면 담담하게 받아들이자, 그리고 다이빙대 위에서 함께 보냈던 권재훈에게 꼭 전하자 했던 말을 몸속 깊은 곳에서 꺼냈다.

"내가 보고 싶은 건 메달이 아니라, 너의 굳은 의지야."

무표정했던 녀석의 얼굴에 파도가 일었다. 부드러운 물살이 녀석의 눈가와 입가에 그려졌다.

"내 굳은 의지는 걱정하지 마. 둘, 셋!"

Go! 하늘이, 푸른 물이 우리 품으로 달려들었다. 겁먹을 필요도, 두려움에 발가락 끝이 꼬부라질 정도로 힘주지 않아도 괜찮았다. 내 곁엔 권재훈이 있었으니까.

회오리

한바탕 회오리바람이 불었다. 사실상 회오리바람보다 더한 표현이 있다면 사용하고 싶었지만 훈련을 핑계로 독서를 게을리한 덕분인지 이보다 나은 표현을 찾지 못했다. 어쨌거나 권재훈 아빠의 등장은 나의 뇌와 가슴을 휘저어 쑥대밭으로 만들었으니 크게 모자란 표현도 아니겠다.

다른 선수들보다 합을 맞춘 시간이 길지 않은 까닭에 녀석과 나는 필사적이었다. 모두가 연습을 마치고 돌아간 시간에도 우리는 기재 코치의 배려로 트램펄린 훈련을 통해 점점 더 실수를 줄여나갔다.

'둘, 셋, 고오오오, 오?'

몸을 비틀어 공중 동작을 하는데 내 시선 끝에 낯선 모습이 걸렸다.

"내려와."

요란스럽지 않은 저음의 목소리에는 힘이 있었다. 거부할 수 없게 만드는. 나를 두고 한 소리가 아니었음에도 나는 망쳐버린 공중 동작을 뒤로하고 지상에 내려섰다. 그리고 다소곳이 낯선 사내의 눈치를 보며 쭈뼛거렸다.

"누구지?"

권재훈은 상관없다는 듯 허리에 고정된 벨트를 천천히 풀었다. 그러더니 한다는 소리가 가관이었다.

"우리 아빠."

한눈에 보기에도 고급스러워 보이는 양복을 입은 권재훈의 아빠는 좋은 일로 온 것 같지 않았다. 우리를, 아니 녀석을 향해 다가오는 걸음걸이가 매섭기 짝이 없었다. 내딛는 발자국마다 살얼음이 생길 것 같을 정도였다. 녀석은 마치 올 것이 왔다, 기다리고 있었노라, 하는 표정으로 제가 선 자리에서 미동조차 하지 않았다.

"종목을 바꾼 이유가 뭐야? 결국 실력이 안 돼서 이러는 거 아니냐?"

상상조차 해본 적 없는 내용이 권재훈의 아빠 입에서 흘러나왔다. 농담이라면 '이게 그렇게 되나?' 하고 웃어넘기겠지만 두 사람 사이에 흐르는 기운이 예사롭지 않았다.

"슬럼프는 절대 없다더니, 최초의 금메달을 걸겠다더니 혼자 힘으로는 안 되는 거야? 그런 거냐?"

듣다 보니 은근히 기분이 나빴다. 혼자 목에 거는 금메달, 혼자서만 받는 스포트라이트, 그것만이 세상의 전부라고 해석되는데 내가 잘못 생각한 건가?

둘이 뛰는 종목은 혼자 뛰는 것보다 배로 힘들다. 육체와 정신이 완벽하게 다른 사람 둘이 한 몸으로 움직여야 한다는 것은 자웅동체가 아니고서야 100퍼센트 완벽한 움직임이란 세상에 존재할 수 없기 때문이었다. 옆에서 듣고만 있기에는 아버님 말씀에 오류가 많아서 정정해 드려야겠다는 생각이 들었다.

"저기요, 아버님."

기껏 용기 내서 불렀는데 아버님은 녀석만 매섭게 쏘아보았다.

"재훈이는 탑이거든요? 그러니까 재훈이 실력은 의심 안 하셔도 됩니다."

그제야 아버님이 날 돌아봤다. 잘 보이려고 이를 드러내며 웃는데 활짝 웃은 모양새를 순식간에 얼간이로 만드는 재주가 있는 분이었다.

"그래서?"

아버님이 내게 던진 '그래서?'의 의미는 뭘까? 더 이어서 설명하라는 것일까, 아니면 그만 떠들고 꺼지라는 경고일까?

"아버니임, 훈련장에 구두 신고 들어오시면 안 됩니다."

기재 코치였다. 기재 코치가 구세주로 둔갑할 수도 있나? '아차' 했으면 기재 코치 등 뒤로 숨을 뻔했다. 훈련장에 구두 신고 들어오면 안 된다는 경고로 권재훈의 아빠를 기선 제압 한 기재 코치의 활약이 궁금해졌다. 그러나 기재 코치는 구경 거리가 되는 것을 질색하는 사람이었다.

"둘 다 가라."

아주 정중하게 인사를 하고 돌아서는 녀석과 달리, "어딜 요?"라는 바보 같은 질문을 한 나는 결국 녀석의 손에 끌려 밖 으로 나갔다. 뭔가 설명이 있을 법도 한데 권재훈은 권재훈이 다. 아무 말도 없이 직진이었다. 그 뒤를 따라가며 나는 궁금 증을 하나씩 풀기로 작정했다.

"야, 너희 아빠…… 다이빙계 관련 일 하시냐?"

언젠가 봤던 다이빙 소재 일본 영화에서 주인공 친구 아빠 가 전설의 다이빙 선수였던가 그랬던 기억이 났다.

"아니."

"그럼, 다이빙 선수였냐?"

녀석의 묵묵부답에 답답해 미칠 지경이었다. 나는 달려가 쓸쓸해 보이는 녀석의 등에 업혔다. 떨어뜨릴 줄 알았는데 뜻 밖에도 녀석이 날 업었다. 초등학교 졸업 이후, 하지 않은 장 난이었다.

"아빠는…… 그냥 내 금메달을 노리는 사람이야."

태어나서 처음 들었다. 금메달을 노리는 아빠. 그런데 순간 내 머릿속에도 내 금메달을 꿈꾸며 노리는 사람이 있다는 사실에 큰 소리로 웃고 말았다.

"나한테도 그런 사람 있어."

내 말이 끝나기가 무섭게 녀석이 날 업었던 손을 놓고 떨어뜨렸다. 그러더니 다그치듯 물었다. 그 사람이 누구냐고.

"우리 아빠."

아빠들이란 그랬다. 당신의 욕심을 고급스럽게 포장하는 법을 모르는 존재들 같았다. 조금 더 온화하고 우아한 방법으로 당신의 꿈을, 기대를, 욕심을, 응원을 보여줬더라면 세상의 아들들이 슬프지 않을 텐데 말이다.

"스타일이 다른 거다. 주접떨지 말고 집에 가. 어디서 남의 집에 얹혀서 자겠다고 쫄래쫄래 따라오냐."

집에 가지 않겠다는 녀석이 걱정돼서 강제로 우리 집으로 데려왔건만 대강 사정을 들은 아빠는 몰래 말한 내 사정은 깡그리 무시하고 권재훈한테 대놓고 훈계를 해댔다. 왜 권재훈이 집에 가야 하냐고 따졌다가 우리가 설명한 핑계라는 것이 기승전결도 약하고 드라마나 영화에서 본 듯한 뻔한 스토리텔링이라 매력이 없다는 이유였다.

구본희는 자연스럽게 받아들였으면서 권재훈의 사정은 봐주지 않는 아빠가 야속했다. 왜 다른 거냐고 따져대자 아빠가 내게 한 대답이란 것이 날 더 난처하게 만들었다.

"천재지변 때문에 온 애랑 제 부모를 피해 도망쳐 온 애는 다르지."

민망한 것은 고사하고 녀석에게 미안해서 혼났다. 속이 좋은 건지, 자존심 때문인지 권재훈은 아무 말 않고 묵묵히 듣기만 했다. 심지어 무릎을 꿇고 두 손을 가지런히 모은 채였다.

오늘 하루 동안 권재훈에게 너무 많은 일이 일어났다. 친구라고 지내면서 녀석이 어떤 고민을 갖고 사는지 자세히 알려고 하지도 않은 나 자신이 부끄러웠다. 그래놓고 절친이니 뭐니 떠들어댔던 내가 뻔뻔스럽게 느껴졌다. 녀석의 손톱이 왜 항상 뭉툭했는지 오늘에야 이해가 갔다. 남들이 우러러보는 실력을 갖추고도 뭐가 문제인지 모르겠다면서 손톱은 왜 물어뜯냐고 놀려댔던 것이 후회되었다.

개구리 손톱이니 어쩌니 하면서 애정결핍이냐고, 뭐가 불만인데? 라고 헛소리를 지껄였던 옛날의 기억을 지워버리고 싶었다. 그때 권재훈이 뭐라고 했더라? 아마도. 아마도, 라고 똑똑히 대답했던 것이 뇌 주름 사이사이에 콕 박혔다. 필름 한 장을 두뇌에 박아놓듯이 그렇게 선명했다. 아마도, 라고 말하는 녀석의 발음이 퍽 쓸쓸하게 느껴져서 그랬을 것이다. 녀석은 다급하게 살았을 것이다. 뛰어난 재능 때문에 남보다 더 빨리 결과를 내야 한다는 압박과 그것이 당연하다고 여기는 아빠로 인해 쉽지 않았겠지.

금메달은 금메달일 뿐인데 어찌 된 영문인지 녀석의 아빠가 원하는 금메달과 우리 아빠가 꿈꾸는 금메달이 완벽하게 다른 것이라는 생각을 지울 수가 없었다. 같은 하늘 아래 다른 금메달이라고나 할까?

'나는 내가 원하는 꿈을 꿔본 적이 없어.'

다이빙 엘리트가 해서는 안 될 소리였다. 아빠의 바람대로 다이빙대 위에 서고 앞만 보고 달렸다는 녀석의 말에 어떤 표정을 지어야 위로가 될지는 더더욱 깜깜이었다. 원하는 꿈을 고민해 본 적이 없으니 다른 꿈을 꾼다는 것이 가장 무섭다는 권재훈이었다. 그래서 슬럼프가 왔을 때 죽는 게 낫지 않을까 했다는 녀석의 속내에 나는 충격을 받았다.

"나한테 혼난 게 분하고 아빠한테 화가 났다면 이렇게 집 나오지 말고 제대로 복수해 버려."

"네에? 보, 복수요?"

아빠가 권재훈한테 건넨 말이었는데 놀란 심장을 부여잡는 건 나였다. 애한테 조언이라고 할 말이 따로 있지, 제 아빠에게 복수하라고 권하는 우리 아빠는 문제가 큰 사람이었다. 이 엄청난 말에 권재훈은 미동조차 하지 않고 눈도 깜짝이지 않았다. 골똘히 뭔가 생각하는 눈치였다. 아빠는 권재훈을 지켜봐 주었다. 마치 녀석이 결심을 굳히는 과정을 역사적인 한 순간이라고 여기는 듯이 말이다.

권재훈이 자리에서 일어났다. 얼결에 나도 자리에서 일어났다. 녀석은 아빠에게 깍듯이 허리를 숙여 인사했다.

"감사합니다. 이만 가보겠습니다."

기품있는 선비처럼 나직하지만 단단한 목소리로 건네는 인사말이 가슴을 울렸다. 아빠 얼굴에 스치는 미소를 잘못 봤을까? 흐뭇한 아빠의 미소는 녀석을 걱정하는 성질의 것이 아니었다.

"오냐, 잘 가라. 그냥은 놀러 와도 이런 식으로는 또 오지 말아라."

과장된 포즈로 손까지 흔들며 어서 가라는 아빠 뒤로 엄마가 나타났다.

"가긴 어딜 가니? 갈 때 가더라도 밥 먹고 가."

엄마는 단호했다. 어떤 잘못을 저지르던 엄마는 밥을 굶기지 않는다는 삶의 철학을 가진 사람이었다. 나 때문이었다. 태어날 때부터 미숙아에 간당간당한 목숨을 달고 산 나 때문에 엄마는 평생 밥에 목숨을 걸었다.

"네, 그러겠습니다."

됐다고, 괜찮다고, 거절할 줄 알았는데 권재훈이 내 예상을

깨고 다시 바닥에 엉덩이를 붙이고 앉았다. 아빠와 눈이 마주
치자 정중하게 고개를 숙이는 모습을 보고 나는 녀석의 새로
운 면을 발견한 것 같아 재밌었다. 오늘은 녀석도 한없이 가벼
워지고 싶었는지 모른다. 무거운 마음과 정반대로 말이다.

엄마는 잔치를 벌이려는 모양인지 육해공 다양한 음식을
차려냈다. 우리 집 경제력을 잠시 잊었는지 그야말로 식탁 다
리가 휘어질 지경이라면 지나친 과장일까? 빚보증 때문에 한
바탕 난리가 난 것을 녀석도 알았다. 식탁 앞에 앉은 권재훈은
감동받은 눈치였다. 두 손을 가지런히 모으고 경건한 자세로
음식들을 찬찬히 살펴봤다.

"박무원, 다 내가 좋아하는 것들이야."

"뭐? 너 홍어 무침도 먹어?"

녀석이 내 옆구리를 쿡 찔렀다. 그러더니 몸을 내 쪽으로
기울여 속삭였다.

"어느 게 홍어냐?"

홍어도 모르는 녀석이 무조건 다 좋다니. 좋은 게 좋은 것
이겠지. 생각해 보면 권재훈은 늘 인스턴트를 입에 달고 살았
다. 중학교 때도 훈련 중간중간에 먹으라고 엄마가 싸준 소고
기 유부초밥이나 샌드위치, 김밥을 씹을 때면 녀석은 햄버거
나 사발면을 먹었다.

아빠는 상차림을 보더니 엄마에게 잔소리했다. 보증을 서

도 기가 죽지 않는 대단한 배짱이라며 엄마가 비꼬았지만 아빠는 오히려 집 나온 애한테 무슨 잔칫상을 차렸냐면서 '홍어가 웬 말인가!' 하고 열을 올렸다. 엄마는 콧방귀를 뀌며 냉동실에 얼려둔 잡채까지 데워서 내왔다. 의연한 척했지만 덜컥 겁이 났다. 이러다가 집이 증발하는 것은 아닐까?

보증 서면 차압 딱지가 집 곳곳에 붙고 자고 일어나니 창문 하나 없는 손바닥만 한 방에 옹기종기 모여앉아 '이제부터 우리가 살 곳이다' 청천벽력과 같은 소리를 듣게 된다던데. 그러나 식탁에 둘러앉은 우리 집은 평화로웠다. 따뜻한 국과 밥이 있었고 상황과는 다소 어울리지 않으나 흡사 잔치를 방불케 하는 음식이 가득했다.

나는 빨갛게 무친 홍어를 녀석의 쌀밥 위에 얹어주었다. 녀석이 숨도 안 쉬고 밥과 반찬을 비워가기 시작했다. 나는 먹지도 않았는데 배가 부르다는 말의 의미를 조금씩 알아가는 중이었다. 만약을 대비해 나는 물컵을 녀석의 밥그릇 옆에 밀어주었다.

남자건, 여자건, 하다못해 동물이 우는 것도 질색이었다. 나은강이 울음을 터트렸다. 연습 도중에 무릎이 돌아갔다. 부상을 늘 달고 사는 우리지만 시합을 앞두고 겪는 부상은 감당해야 하는 무게감이 달랐다. 그러나 나은강이 우는 이유가 어처구니없었다. 꿈에서 꽈배기가 되었다고 했다. 다이빙대에서 뛰어내리는 것과 동시에 첫 동작을 하려는데 꽈배기로 둔갑했다면서 통곡을 했다. 그래서 무릎이 돌아갈 줄 이미 알았단다.

웃음을 참으려고 했지만 망했다. 웃는 날 보고 나은강이 욕을 해대며 울었다. 숨이 넘어가는 박자에 맞춰 울음소리와 욕지거리가 하모니를 이루는 기묘한 날이었다. 나는 안다, 나은강의 울음이 스스로를 이겨내려고 하는 나름의 방법이라는 사실을.

선발전까지 이제 열흘도 채 남지 않았다. 훈련장에 공기 대신 긴장감이 꽉 들어찼다. 예민한 선수들은 사소한 일에도 흥분하거나 침울해했다. 루틴이 무너지는 날에는 훈련을 망치는 일도 부지기수였다.

"난 끝이야. 그렇지 않고서야 그렇게 괴상한 꿈을 꿀 리가 없잖아."

권재훈은 나은강에게 위로가 될 법한 말을 건넸다. 내가 욕먹는 동안 녀석은 나름 나은강을 달랠 말을 고민하고 있었나 보다. 고민 끝에 권재훈 입에서 나온 말이 가관이었다.

"넌 밀가루 반죽처럼 말랑하지 않아."

절대 꽈배기가 될 리 없다는 의미와 진심 어린 위로를 내포한 말이었으나 녀석 역시 망했다. 나은강이 매섭게 눈을 치켜뜨더니 우리 둘을 손가락으로 쿡쿡 찔렀다.

"니들은 그래, 꽈배기 다 됐다 이거냐?"

"우리가?"

녀석과 내가 동시에 입을 열었다. 이렇게 한 호흡을 맞춰가는구나. 나은강 말대로 우리는 이제 팀에서 최고의 꽈배기라 불려도 좋을 만큼 발전했다. 똑같은 발동작, 손동작, 무엇보다도 같은 마음이었다.

'함께 최고가 되자.'

살면서 수많은 경쟁을 통해 여기까지 왔다. 순탄하고 무탈하게 도달했다고 장담할 수 없는 길이었지만 서로 덕분에 버틸 수 있었고 잘 견뎌왔다고 생각한다. 누구나 정상을 목표로 삶을 살아간다. 그 정상을 위해 나는, 그리고 권재훈은 하루일만 번의 다이빙을 각오했다. 우리의 삶은 쉽지 않았고 누구나 그렇듯이 인생에서 맞닥뜨리게 되는 수많은 경쟁은 우리를 강하게도 만들지만 때로는 한없이 우리 스스로를 하찮다고 깎아내리기도 했다. 그러나 고개를 돌리면 함께 땀을 흘리고 서로의 어려움과 고통을 아는 동료가 있기에 추락하는 두려움을 떨칠 수 있었던 것은 아닐까?

꽈배기 꿈에 치를 떨면서도 나은강이 자세를 잡는다. 아마도 자기 마음에 차는 완벽한 자세가 나올 때까지 몸을 비트는 공중 동작을 시도 때도 없이 해대겠지.

"권재훈, 우리 집에서 두 정거장 전에 꽈배기 가게 있는데 나은강 사다 줄까?"

"야, 죽고 싶냐? 경기는 뛰고 죽든지, 꽈배기를 사든지 해라. 싱크로는 나 혼자 절대 못 뛰니까."

녀석이 이제 제법 농담도 할 줄 알았다. 그런데 어쩐지, 녀석의 표정이 완전히 진심 같았다. 혼자 절대 못 뛴다는 녀석의 말이 나 없이는 절대로 안 된다는 의미로 해석됐다. 이러면 안 되는데 명치 끝이 뻐근했다. 움츠렸던 어깨가 펴지고 고개가 꼿꼿이 들렸다.

"하긴, 넌 나 없으면 안 되지."

질색할 법도 한데 권재훈이 순순히 고개를 끄덕였다. 너무 진지하게 나오니까 옆구리가 간지러웠다.

"야, 뭐야? 안 하던 반응, 나 부담스러워지려고 해."

괜한 앙탈을 부렸다. 낯 뜨겁게 속마음을 곰살맞게 드러낸 적이 없던 우리였다.

"부담스러우면 나은강한테 꽈배기 사다 줄 때 나도. 난 설탕 잔뜩 바른 걸로."

권재훈의 속셈은 딴 곳에 있었다. 설탕이 잔뜩 묻은 꽈배기를 녀석이 어떤 표정으로 먹을지 궁금해졌다.

구본희가 제대로 옷을 차려입은 모양새가 심상치 않았다.

"어디 가?"

"방 구하러."

갑자기 방을 구하러 나간다는 구본희의 말에 어안이 벙벙했다. 깜짝 카메라를 찍는 것도 아닌데 이게 다 무슨 일인가 싶었다.

요 며칠 사이 구본희가 부쩍 얌전해졌다. 우리 집에서 함께 지내는 동안, 이 집 아들인 나보다 더 자기 집처럼 할 말 다 하고 사는 존재가 구본희였다. 심지어 요리에 자부심이 넘치는 엄마에게 "겉절이 할 때 멸치액젓을 좀 줄여야 할 것 같아요"라는 둥 의견을 피력하는 데에 거침이 없었다. 아빠가 그런 의사를 전했다면 "입에 안 맞으면 먹지 말든지, 당신 입맛 맞추는 집으로 찾아 나가시오" 했을 엄마가 "그래? 하긴 간이 강해서 좋을 건 없지"라며 순순히 구본희의 의견을 받아들였다.

구본희에게 왜 가만히 있는 거냐고 묻는 나에게 엄마는 눈을 흘기며 대답했다.

"틀린 말 하나 없는데 왜. 그리고 너랑 달리 방값을 내는데 입에 맞는 음식을 요구하는 게 당연하지. 세상에 공짜는 없다, 너."

구본희가 집에 오고 엄마는 속엣말을 머뭇거리며 하나씩 꺼내놓더니 어느 날부터는 대놓고 그동안의 울분을 대하드라마 분량으로 쏟아놓기 시작했다. 구본희는 흥미로운 시즌제 드라마를 보듯이 엄마의 말을 들어주고 제 의견을 가감 없이 드러냈다. 너무 격의 없이 드러내서 싸가지 없어 보일 정도였다. 와르르 쏟아내고 나서 엄마는 구본희를 보고 수줍은 듯 웃어 보이며 꼭 이 말을 잊지 않았다.

"이래서 다들 딸, 딸, 하나 보다. 그렇지, 본희야?"

그러면 구본희는 내가 알던 구본희가 아닌 모습을 엄마한테 고스란히 보였다. 선 긋고 그 선을 넘는 것을 질색하는 구본희가 엄마보다 더 환하게 웃었다.

"그러게 말이에요. 제가 아줌마 딸 할까요?"

그랬던 구본희가 방을 구해 나간단다. 이유라는 게 기가 차서 말이 안 나왔다.

"갑자기 무슨 방을 구하러 나간다는 건데? 엄마가 나가래? 설마, 아빠가 우리 몰래 너한테 방값 올려달래?"

나의 상상력은 여기까지였다. 내 말을 듣고 있던 구본희는 피식거리더니 내 뺨을 잡아 늘였다. 나는 심각해 죽겠는데 구본희는 재미있는 모양이었다.

"이 집에 계속 있다간…… 여기에 스며들 것 같아서."

나는 스며든다는 말에 대해 곰곰이 생각했다. 흙에 스며드는 빗방울, 운동복에 스며드는 땀방울, 나은강의 가방에 쏟아 스며들었던 콜라…….

"그게 어때서?"

등 뒤에서 엄마가 나타났다. 외마디 비명을 지르며 돌아본 나와 달리 엄마와 구본희는 침착했다. 구본희를 보면 자동으로 웃던 엄마의 얼굴에 웃음기가 싹 빠져 있었다.

"그러면…… 앞으로 혼자서 못 살 것 같아요."

"그러면 안 되니?"

우는 얼굴의 구본희는 상상이 가질 않았다. 상상한 적도 없고 상상하고 싶지도 않았다. 그런데 눈가가 점점 빨개지는 구본희를 훔쳐보고 있자니 미치고 팔짝 뛸 노릇이었다.

"어차피 전 혼자잖아요."

자신이 고아라고 말할 때 구본희는 사이보그처럼 아무렇지 않게 말했었다. 그런데 지금의 구본희는 제 감정에 휘둘려 어쩔 줄 몰라 하고 있었다.

"왜 네가 혼자니? 그리고 스며들면 어때서? 스며든다는 것 자체가 천천히 가는 거야. 본희야, 천천히 스며들어. 괜찮으니까."

엄마는 평생을 나만 달래줄 수 있는 사람인 줄 알았다. 그런데 알고 보니 엄마는 내가 아닌 다른 사람도 안아주고 달래줄 수 있는 넓은 품을 가진 존재였다. 나는 엄마를 과소평가하고 있었구나.

"제가 돈은 더 낼게요."

나는 엄마가 화를 낼 줄 알았다. 엄마의 마음을 헤아리지 못한 말이라고 확신했으니까. 하지만 갱년기인지 최근 들어

화를 부쩍 자주 내는 엄마가 구본희의 말에 화를 내지 않았다. 오히려 화를 낸 사람은 아빠였다. 외출했다가 들어오는 바람에 대화의 뒷자락만 듣고 불같이 화를 뿜었다.

"얼마나 더 줄 건데? 내가 생각하는 것만큼 많이 안 주면 화낼 거다!"

시끄럽다는 말로 엄마는 아빠를 간단히 제압했다. 그리고 엄마는 당신의 뜻을 구본희한테 똑똑히 밝혔다.

"우리랑 밥 같이 먹었으니 너도 가족이다. 돈은 줄 수 있는 만큼 줘. 네 마음이 그게 편하다면. 나도 돈 좋아."

어쩌면 구본희는 우리 엄마가 자신의 엄마라고 여길지도 모르겠다. "나도 돈 좋아"를 말하는 엄마는 구본희랑 비슷해 보였으니까. 엄마는 구본희를 이해했다. 구본희의 결정에 따르겠다고, 존중하겠다고 했다. 대신에 엄마는 구본희에게 한 가지 약속을 받아냈다.

"본희야, 그 대신 명절, 생일, 공휴일은 무조건 우리 집에서 함께 보내야 한다."

현실은 현실이었다. 뭔가 뜨거운 것이 뭉클거리게 만드는 대화를 나눴던 두 사람이니까 포옹을 하거나 격려의 말을 할 줄 알았는데 예상과 달리 각기 제 갈 길을 향해 등을 돌렸다.

나는 엄마를 따라 부엌으로 갔다. 현관문이 열리는 소리가 들리더니 "다녀오겠습니다" 하는 구본희의 목소리가 들리고

문 닫히는 소리가 났다.

"엄마, 구본희 그냥 나가라고 할 거예요?"

"내가 언제 나가라고 했어? 나간다기에 그러라고 했지."

"어떻게 혼자 살아요?"

"왜 못 살아? 이제까지 혼자서 잘 산 애야."

엄마는 아무렇지 않은 것일까? 음식물 쓰레기를 정리하는 엄마의 손놀림은 군더더기가 없었다.

"구본희 앞에서 쇼한 거예요? 구본희가 집 나가도 아무렇지 않아요?"

"박무원. 구본희는 성인이야. 누나라고 불러. 그리고 용기 있는 애야. 우리 집에서 나가겠다고 했을 때는 분명 많은 고민을 했을 테고. 자기 인생을 어떻게 꾸려 나가야겠다는 나름의 계획과 다짐이 있을 거야."

엄마는 구본희가 어쩌면 익숙해진다는 일에 겁을 먹고 있는 것일지도 모른다고, 그 낯선 감정을 다스리는 방법을 몰라서 잠시 허둥대고 있는 것일 수 있다고 했다. 우리가 할 수 있는 것은 기다려주고 항상 같은 자리에서 맞이해 줄 수 있는 가족이라는 사실만 알려주면 된다고 했다.

보호 종료 아동이란 말도 구본희를 통해 처음 알았다. 다 같이 둘러앉아 텔레비전을 보다가 우연히 보게 된 시사 프로그램에서 보호 종료 아동에 대해 떠들어댔다. "저 애가 나야"

라고 했던 구본희의 무심한 듯한 어투에 나는 놀랐다. 보육원에서 나와서 자립해야 했을 때를 회상하며 돈이 없다는 것도 무서웠지만 무슨 일이 생겨도 의논할 사람이 없다는 현실이 가장 끔찍했다던 구본희. 마음을 주고 의지했다가 싸늘하게 돌아서는 사람들을 감당하는 일이 세상에서 제일 어렵다는 구본희. 그래서 결국은 돈으로 따뜻한 잠자리도, 따뜻한 끼니도, 혼자 들을 수 있는 음악도 사기로 마음먹었다는 구본희. 가족이 있으니 뭐든 당연하다고 여겼던 모든 것들이 구본희에게는 하나씩 이뤄나가야 할 큰 산이었다.

"네가 다이빙에 성공하든 실패하든 항상 우리 아들이듯이 구본희도 그렇게 대해주면 되는 거야."

엄마의 지금 이 말을 들었다면 구본희는 웃었을까, 울었을까? 아빠가 방에서 나오더니 집 안 이곳저곳을 어슬렁거렸다. 그러더니 익숙한 모습으로 소리 높여 부른다.

"구본희, 본희야!"

누가 보면 아빠 딸인 줄 알겠다.

"나갔어요, 구본희."

"뭐야? 애를 그냥 내보내면 어째! 집 나가겠다는 애를 그냥 내보내? 이 사람들이, 그냥!"

아빠가 필요 이상으로 흥분했다. 당장에라도 구본희를 잡으러 뛰쳐나갈 기세였다.

"다 큰 애를 어떻게 잡아줘요? 저녁에 본희가 좋아하는 닭볶음탕이나 하게 마트 가서 닭이나 두 마리 사 와요."

차분한 엄마의 음성에 아빠가 부엌 문턱에 우두커니 서서 엄마를 바라보았다. 가만히 엄마의 행동을 지켜보던 아빠가 물었다.

"맛있게 해줘, 최고로. 그래야 닭볶음탕 때문이라도 집에 자주 오지. 토종닭을 마트에도 파나?"

고래의 꿈

휴대폰 배경으로 흰수염고래가 바닷속에서 유영하는 사진을 저장했다. 어둡고 짙은 심해 속에서 유유히 헤엄치는 거대한 흰수염고래의 모습은 기묘하리만큼 평화로웠다. 경기의 결과가 어떻든 담담하게 받아들이고 싶었다. 메달을 노리지 않는다는 것은 거짓이지만 적어도 메달을 못 땄다고 내 인생이 끝났다고 생각하지는 않으니까.

물론 권재훈은 나와 달랐다. 제 아빠 코를 납작하게 해주겠다고 벼르고 있었다. 과정도 중요하지만 결과가 제대로 나와야 자기 할 말을 똑똑히 피력할 수 있는 법이라고 아우성이었다. 틀린 말이 아니기에 나 역시 최선을 다하는 조력자가 되겠다고 약속했으나 1.8초의 승부는 언제나 그렇듯 쉽지 않았다. 미신이라도 붙들고 싶은 심정이었다. 이런 내 속내를 눈치

챘을까?

경기를 일주일 앞둔 주말, 뒷산에 올랐다. 오랜만의 뒷산행이라 소풍 나가는 기분이 들었다. 약수터가 가까워지자 귀에 익은 목소리가 메아리쳤다. 사시사철 변하지 않는 풍경……. 기창 할아버지와 몇몇 어르신들이 운동하는 모습이 마음을 다독여 준다.

"어이, 박 선수! 왔는가?"

숨을 고르며 허리를 굽혀 정중히 인사했다. 왜 얼굴 보기 힘들었냐는 어르신들의 물음에 기창 할아버지가 면박을 줬다.

"박 선수가 허구한 날 뒷산 오르는 다람쥐 새낀가? 올림픽 나갈 준비로 이제 기숙사에서 훈련한다는데."

나보다 내 일정을 빠삭하게 알고 있는 기창 할아버지가 이쯤 되면 무섭다. 태극마크도 달기 전에 올림픽 나갈 준비를 하는 사람이 있다면 그건 나였다. 평소라면 평행봉으로 나를 이끌었을 기창 할아버지가 갑자기 내 허리춤을 부여잡더니 소나무 아래로 이끌었다. 뒷산 약수터가 자랑하는 소나무였다. 종종 몸이 안 좋은 어르신들이 소문을 듣고 소나무 정기를 쐬러 오기도 했다. 소나무 아래 나를 세워놓더니 기창 어르신이 은밀히 내게 몸을 기울였다.

"왜, 왜 그러세요?"

손 하나가 쓱 내 복부를 스쳤다. 히힉, 하고 요란한 소리를 낼 뻔했다. 기창 할아버지와 나 사이에 손 하나가 자리 잡았다. 기창 할아버지의 손바닥 위에 무언가가 놓여 있었다.

"자, 얼른 받아."

손을 내 복부에 밀어 넣으면서 기창 할아버지가 주위를 살폈다. 은밀한 손길에 움찔했다.

"이게 다 뭔데요?"

"괜찮아. 어른이 주면 '네에' 하고 모른 척하고 받아. 수영 빤쓰에 넣어둬."

"네에?"

꼬깃꼬깃하게 접은 작은 종이가 투명한 비닐 포장에 감겨 있었다.

"젖어도 괜찮아. 방수 물감으로 쓴 부적이야."

"방수요? 방수 물감도 있어요?"

별 희한한 소리를 다 듣는다. 부적을 받는 것도 처음이었지만 방수 물감으로 부적을 썼다는 소리도 난생처음이었다. 이런 건 처음이라는 말에 기창 할아버지는 다 알고 있다는 듯 내 등을 두드렸다.

"뭐든지 처음이 어렵고 어색하지. 내가 박 선수 정신력을 의심해서 주는 건 아니야. 그냥 뭐랄까, 내 마음이고 나만의 응원 방식이지."

솔직히 이런 응원은 사양하고 싶었다. 시대가 어느 때인데 달로 여행을 가네, 마네 하는 마당에 미신의 힘에 대회의 승패를 의탁하고 싶지 않았다. 이 부적을 받아든다면 이미 나는 게임의 승자가 되기는 틀려먹은 정신상태였다.

"나도 믿지는 않아. 그런데 말이야. 전쟁통에 나설 때 내 가슴팍 주머니에 억지로 어머니가 넣어준 이딴 작은 종이 때문에 끝까지 살아남은 것이 아닌가 싶어. 결국 누군가 나를 위해 이렇게 절실하게 기도해 준다는 의미 아니겠나?"

내가 아닌 다른 이를 위한 진심은, 너를 위해 나의 온 정성을 다한다는 그 마음의 표현은 어떤 모양새이든 상관없는 것이었다. 종이 쪼가리여도, 방수 물감으로 쓴 부적의 모습으로 나타나도 결국엔 매한가지였다. 너를 응원하고 있다는 그 진심이면 됐다. 울컥하는 마음에 하마터면 기창 할아버지를 덥석 안을 뻔했다. 하지만 기창 할아버지가 빨랐다. 날래고 민첩한 동작으로 기창 할아버지가 내 손을 잡았다.

"이사 가도 여기 뒷산엔 종종 와. 알지?"

집이 팔렸다. 아빠의 보증 사건은 집과 공장을 처분하는 선에서 마무리가 되었다. 집이 팔리던 날에 우는 사람은 아빠였다. 태극 색깔 대문을 마당에 서서 멀거니 바라보며 이 집에서 내가 태극마크 달고 올림픽에서 메달을 따는 소식을 듣고 싶었다고 고백했다.

나는 기창 할아버지에게 한 달에 한 번씩은 잊지 않고 뒷산에 오르겠다고 약속했다.

"장해. 정말 장해. 나라를 위해 그 어려운 훈련도 이겨내고 나라를 대표해서 어린 나이에도 혼신을 다하고 있으니 말이야."

괜스레 나 자신이 부끄러워졌다. 훈련이 힘들어서 도망쳤던 기억이 머릿속을 비집고 흘러나왔다. 가슴에 태극마크를 단다는 의미에 대해 진지하게 생각해 본 적이 없었다. 국가대표가 되고 메달을 따고 세계적으로 유명해지고 CF를 찍고 앞길 창창한 미래가 펼쳐지고 구본희의 말대로 연금을 받으며 편안하게 살 수 있다는 개인적인 욕심이 먼저였다. 오히려 기창 할아버지가 누구보다 대단한 삶을 살았다. 나와 비슷했을 십 대의 나이에 나라를 구하겠다고 펜 대신 총을 들고 나섰으니까. 수줍은 나의 고백에 기창 할아버지가 호탕하게 웃었다.

"시대가 변했지. 모습은 다르지만 각자 삶의 위치에서 애를 쓰고 있는 건 같지. 나라를 대표한다는 건 나라를 위해 전쟁터에 나서는 것만큼이나 어려운 일이야."

수영 빤쓰를 입고 멋진 경기를 펼쳐 보이라는 기창 할아버지의 응원에 당장에라도 우승을 할 수 있을 것 같은 기분에 취했다.

"박 선수, 박 선수 뒤에는 우리가 있어요!"

약수터의 할아버지, 할머니들이 나를 향해 손을 흔들고 난리가 났다. 낯익은 얼굴도 있었고 처음 보는 듯한 어르신도 있었는데 너 나 할 것 없이 당신의 손자를 보듯 애틋한 눈으로 한목소리로 힘을 내라고 고래고래 소리쳤다. 분명 응원의 목소리였는데 자꾸 심장이 꿈틀거리고 코끝이 매워져서 혼났다.

"대한민국 파이팅!"

과연 적절한 구호였는지 의문이었지만 목이 터져라 외쳤다. 소나무 가지가 흔들리는 느낌이었다. 단전에서 솟구친 파이팅으로 피가 뜨거워지고 심장이 벅차게 뛰었다. 부적의 힘인지, 뭔지 확인할 길은 없지만 지금 이 기분이라면 나는 기창 할아버지 말대로 수영 빤쓰 하나 입고 나라를 열두 번은 구하고도 남을 것이란 확신이 들었다.

약수터를 에워싼 소나무 사이로 바람이 불어왔다. 바람이 자꾸만 뺨을 간지럽혔다. 콧구멍이 시원했다. 수면을 제대로 찢고 입수했을 때처럼 말이다.

수많은 경기를 앞두고 내가 주로 했던 일은 평소와 다름없이 훈련을 마무리하고 이미지트레이닝에 열을 올렸던 기억이 대부분이었다. 오늘같이 산성에 올라 밤하늘을 올려 보게 되는 일이 또 있으려나?

"왜 낭만적으로 굴어? 집도 뛰쳐나간 주제에!"

아직도 구본희가 집을 나간다는 사실이 마음에 들지 않아 툴툴거렸다. 경기를 앞두고 밖에서 얼굴 좀 보자는 말을 구본희는 건조하기 짝이 없는 문자로 대신했다. '잠깐 보자.' 이모티콘 하나 없이 용건만 달랑 적어 보낸 메시지가 야속하게 느껴질 정도였다.

"집 뛰쳐나가면 낭만적으로 굴면 안 되냐?"

"응, 안 돼. 낭만도 없고 내 연금만 궁금해하던 예전의 구본희로 돌아가."

나도 양심은 있어서 차마 돈만 아는 수전노로 돌아가라는 소리까지는 못 하겠다. 살면서 훈련과 시합은 내 일상이요, 인생의 전부였다. 이번 시합도 일상의 한 부분이나 다름없는데 이상하게 태극마크를 다느냐 마느냐에 주위 사람들이 부쩍 신경을 더 쓰는 모양새다.

한양도성은 처음이었다. 시합을 앞두고 멀리 낯선 곳으로 나와보는 경험도 처음이었다. 나쁘지 않았다. 이 시간에 권재훈은 개인 훈련을 더 하고 있겠지만 구본희의 제안을 거절하고 싶지 않은 마음이었다. 부스럭거리는 소리에 구본희를 돌아봤다. 도성 아래에서 반짝이는 도시의 불빛에 마음을 빼앗기는 것도 잠시 구본희가 낙산공원에 오르면서부터 애지중지했던 봉투 속에 뭐가 들었는지 호기심이 일었다.

"뭐야?"

"이거 먹고 금메달 꼭 따라. 내가 큰 투자한다."

딸기였다. 시기가 시기이니만큼 비쌌을 텐데 구본희가 딸기우유가 아니라 딸기를 샀다고?

"운동 선수한테 비타민이 최고잖냐. 피로 회복. 먹어."

고맙다고 낯간지럽게 속살거리느니 내 식대로 표현하기로 했다. 휴대폰을 꺼내 노래를 틀었다. 주위를 산책하는 사람들에게 방해가 되지 않을 정도의 크기로 틀었지만 노랫소리는 밤과 바람과 우리 둘 사이에 잘 스며들었다.

넌 딸기를 좋아하고 난 달을 좋아하지. 우리 둘이 함께 좋아하는 건 아이유.

"넌 왜 달이 좋은데?"

"다이빙풀 아래를 보면 막막해. 무섭고. 일만 번을 뛰어내려도 다이빙대 위는 늘 두렵고 힘들어. 그때마다 떠올리지. 다이빙풀 한가운데 큰 원을 그리고 그 가운데로 떨어지는 모습 말이야."

"그러니까 넌 보름달을 좋아하는 거네? 그믐이나 상현달이 아니고."

"그런가?"

"그렇지. 내가 딸기가 아닌 딸기우유를 좋아하는 것처럼. 원톱은 딸기지만 딸기는 비싸니까. 그렇다고 딸기 사탕은 자존심 상해서 별로."

기이한 평계였다. 그런데 그 핑곗거리를 듣는 시간이 무척이나 즐거웠다. 구본희, 이 누나는…… 마녀다. 사람을 자유자재로 홀렸다.

달을 보며 입 안에 퍼지는 딸기향을 천천히 음미하는 일은 많은 것을 떠올리게 했다. 경기를 앞두고 감상적으로 변한 적이 거의 없었는데 오늘 밤은 예외였다.

토할 정도로 함께 훈련했던 동료들이 생각났다. 다 같이 경기에 출전할 것처럼 훈련하고서 코치에게 자신의 이름이 불리지 않으면 무표정한 얼굴로 짐을 쌌던 아이들. 우리는 운동을 하며 도전도 배웠지만 실패와 냉정한 현실도 함께 직면해야만 했다. 누구보다 혼자 결과에 내던져져야만 했던 아이들…….

그 친구들의 마음을 다독여 줄 위로의 말이나 행동을 가르쳐준 코치나 감독은 없었다. 그들을 원망을 하겠다는 의미는 아니다. 누가 가르쳐주지 않았어도 나는 떠나는 사람의 마음을 100퍼센트 보듬을 말이나 행동은 존재하지 않는다는 것을 스스로 깨달았으니까. 묵묵히 뒷모습을 지켜봐 주는 것이 최선이라는 것이 내 방식이었다.

"대회를 즐기라는 말 안 한다. 무조건 이 악물고 최선을 다해서 뛰어. 놀러 가는 것도 아닌데 즐기긴 뭘 즐겨? 무조건 메달이야. 알지?"

구본희가 사진 파일을 열어 니양이 사진을 보여주었다. 편의점 스카프를 묶고 계산대에 근엄한 표정으로 앉아 있는 모습을 보니 엄연한 직장인 같았다. 제 몫의 인생을 기특하게 잘 꾸려나가고 있는 니양이의 모습에 입가가 자꾸만 실룩거렸다. 구본희 말이 사진 속 니양이 입을 잘 보란다. 니양이가 나한테 꼭 해주려는 말이 보일 거라고 말이다.

"니양이가 뭐라는 것 같아?"

나는 니양이도, 구본희도 만족할 만한 대답을 찾았다.

"밥값 하고 와라."

"정답! 오, 박무원 똑똑하네."

밤하늘 위로 구본희의 웃음소리가 솟아올랐다. 까르르르, 구본희가 이렇게 소리 내어 웃을 수 있다는 사실을 몰랐다.

나는 허밍으로 아이유의 노래를 따라 불렀다. 오늘 밤은 삶이 완벽하지 않아도 괜찮다는 생각이 가득했다. 달에서 딸기향이 흘러나오는 듯한 착각에 고개를 들어 코를 벌름거렸다. 플랫폼 위에 올라가서도 오늘 이 기분을 잊지 말아야지.

다이빙을 본격적으로 하고 응원하러 경기장에 오는 사람은 아이러니하게도 늘 엄마였다. 아빠는 뒷산 트레이닝이니 뭐니 하며 다이빙 선수에게 필요한 모든 것을 제공하겠다며 큰소리를 치고 애썼지만 정작 대회 때마다 경기장에 오지는 않았다. 오지 못한 것인지, 오지 않은 것인지 따져보지는 않았으나 일이 늘 바쁜 아빠였으니 이해가 갔다. 엄마는 늘 내 경기를 제대로 보지 못했다. 3미터 스프링보드 위에서 연기하는 나를 보고도 기겁했다. 처음 출전한 3미터 경기에서 보드에 머리를 찧은 사건 때문이었다. 이마가 찢어졌는데 물에 번지는 피를 보고 엄마는 패닉상태가 되었다. 그것 때문에 두 번 다시 내 경기를 보러 오지 않겠구나, 확신했는데 세상에 모성을 이기는 것은 없다고, 엄마는 경기 장면을 똑바로 보지도 못하면서 매번 경기장을 찾았다.

"박무원! 박 선수우!"

경기장에서 엄마는 단 한 번도 내 이름을 부른 적이 없었다. 종종 관중석을 찾을 부모들이 자신의 자식을 응원하느라 "파이팅!" "가자!" 혹은 자식의 이름을 목 놓아 부르는 일이 빈번했으나 엄마는 다이빙장을 가득 메우는 습도처럼 소리 없이 녹아 있었다.

내 이름을 부른 사람은 아빠였다.

"하, 참. 직업이 없어지니 아들 경기를 보는 날이 오네. 이걸 좋아해, 말아? 허허허, 끄으끅."

요란스러운 아빠의 웃음에 엄마가 아빠의 옆구리를 팔꿈치로 찔렀다. 엄마 옆에 구본희도 함께였다.

"어쩐 일?"

"말 따위가 그게 뭐야? 본희도 와야지, 가족 행사인데."

당당한 엄마의 말에 구본희의 입가가 호선으로 길게 늘어졌다. 시간은 돈이라느니, 아르바이트비가 제공되지 않는 일에는 절대 시간 낭비하지 않겠다며 삶의 철학을 강조하던 구본희가 내 경기를 보러 온다? 기뻐해야 할지, 아니면 나중에 네 경기를 봐야만 했던 시간에 대한 보상이라며 나에게 청구할 관람 비용을 걱정해야 할지 고민이었다.

"자자, 기념비적인 날이다. 가족사진 찍자고."

아빠의 제안에 미간이 구겨졌다. 대회를 앞두고 긴장감을 풀어주려고 다른 가족들은 조용히 기다리고 있는 반면, 우리 가족은 별스러웠다. 나는 엄마를 쳐다봤다. 엄마라면 분명 아빠를 말릴 것이다.

"찍어."

"네에? 정말 사진 찍자고요?"

예상 밖의 대답에 당황한 쪽은 나였다. 엄마가 나를 빤히 쳐다봤다. 눈빛의 의미는 설명을 해주지 않아도 이해됐다.

'잔말 말고 찍어.'

"엄마, 나만 수영 빤쓰예요."

웃음을 참지 못하고 구본희가 낄낄댔다. 시합 전에 기분 망치게 이게 다 뭐람? 수영복을 가리려고 몸을 꼬는 내 등짝을 엄마는 사정없이 때렸다.

"뭐가 어때? 직업관 투철해 보이고 프로페셔널한 모습이
야. 자랑스러워해야지."

단호한 엄마의 말에 더는 거부하기란 역부족이었다. 수영
복 차림이면 어떻고 잠옷 차림이면 어떠랴, 모두가 이렇게 웃
고 있는데. 엄마가 저토록 환하게 이를 드러내고 웃고 있는데,
아빠가 일을 접은 이후로 저렇게 기세등등한 모습으로 큰 소
리를 내며 웃는데, 구본희가 진짜 내 누나처럼 우리 가족처럼
엄마와 팔짱을 끼며 키득거리는데, 내 수영복 차림은 아무것
도 아니었다.

경기 전이면 늘 바짝 긴장해서 표정이 굳어버리는 나은강
까지 우리 가족을 보며 웃음을 꾹 참고 있는 모습이었다. 하
긴, 나은강은 지금 웃을 맛이 날 테지. 그야말로 극적으로 회
복해서 경기에 뛰게 되었으니 웃을 일밖에 더 있을까. 의사도
나은강의 무서운 회복력에 대해 논문을 써야 하지 않을까. 컨
디션이 100퍼센트는 아니겠지만 선수로 사는 우리의 컨디션
이라는 게 100퍼센트를 꽉 채웠던 적이 있었나?

우리의 가족사진은 분명 아름다울 것이다. 그리고 오래도
록 바래지 않고 내 마음 안에서 더더욱 선명하게 자리 잡을 게
분명하다.

경기 시작 전, 기재 코치가 우리를 붙들고 우승 비법이라
며 알려줬다. 듣고 나서 멍한 얼굴로 서 있었다. 매번 똑바로
하라고, 로봇이 울고 갈 정도로 자세를 정확히 하라고 잔소리
를 했던 사람과 동일인인가 의심스러웠다. 그러나 말 그대로
최고의 비법이었다.

"니들 머리와 근육이 시키는 대로 해. 그거면 충분하다."

기재 코치가 평소에 명언집을 즐겨 봤던가? 별것 아닌 말
에 심박수가 올라갔다. 권재훈은 탄산을 숨도 안 쉬고 들이킨
기분이라며 코를 쿵쿵거렸다. 코끝이 찡했던 것을 내가 모를
줄 아나 보다. 감동은 멀리서 오지 않았다. 시합 전, 아드레날
린이 최고치로 치솟는 경기장 귀퉁이에서 평소와 다를 것 없
이 후줄근한 운동복을 입고 선 기재 코치의 입을 통해서 다가
왔다.

"아니오. 하나도 안 충분해요. 전 제대로 복수할 거거든요."

얘가 돌았나? 권재훈은 우리 아빠 말을 곧이곧대로 듣는
모양이었다. 녀석이 가출한 이유를 대충 들은 아빠가 대충 건
넸을 충고를 권재훈은 제 뼈와 살에 새긴 것처럼 굴었다. 발
을 콱 밟아주려고 했으나 눈치채고 재빨리 발을 뒤로 뺐다.
얄밉기 짝이 없는 건 파트너가 되고서 더 증가하고 있는 추세
였다.

"야, 박무원. 내 복수극에 너도 주연이니까 똑바로 해. 조금

이라도 삐끗하면 물 밖으로 나올 생각도 하지 마라."

"와, 진짜. 주접 제대로다, 너."

권재훈이 내 어깨에 팔을 둘렀다. 초등학교 때는 자주 이렇게 어깨동무를 했는데 오랫동안 우리가 '어깨동무'였다는 사실을 까맣게 잊고 있었구나. 어깨동무를 하려고 먼저 손을 올린 쪽은 권재훈이 아니라 늘 나였다. 그런데 오늘은 녀석이 먼저였다.

"금!"

얘도 구본희랑 비슷해지려나? 메달 색깔에 목숨을 걸지 말고 우리의 노력이 중요하다고 그럴싸하게 목소리를 높였으나 보기 좋게 까였다.

"헛소리 마. 죽을 둥 살 둥, 피똥을 쌌는데 무슨 노력이 중요하냐? 노력했으면 결과도 따라와야지. 박무원, 금이다."

이렇게 파이팅이 철철 넘치는 캐릭터였나 싶을 정도로 권재훈은 투지에 불타올랐다. 뜨거운 열기가 나에게까지 전달되는 바람에 나까지 주먹을 움켜쥐었다. 나는 수영 빤쓰 뒤쪽에 손을 넣었다. 기창 할아버지의 방수 부적을 꺼냈다. '뭐냐?'는 녀석의 눈초리에 나는 비밀스럽게 속삭였다.

"부적. 그냥 말고 방수 부적. 너 줄게."

반신반의하며 지녀온 부적을 수영복 안에 장난 삼아 갖고 왔다. 내게서 방수 부적을 받아든 권재훈이 제 손바닥 위에 부적을 놓고 빤히 보더니 다시 내게 돌려주며 말했다.

"난 이미 부적 있어."

"뭐? 너도 부적 썼어?"

세상에 믿을 놈 없다더니 이성적이고 냉철하기 짝이 없다고 믿었던 권재훈마저 부적 신봉자였다니!

"나한테 부적은 박무원이야. 싱크로 뛰는데 너 만한 부적이 세상에 어딨냐?"

이런 식으로 기습 감동을 먹이면 반칙인데……. 나는 감동 멘트 같은 건 내뱉을 줄 모르는 인간이란 말이다.

"권재훈. 우리…… 금메달 가자!"

그제야 녀석이 날 보고 피식거렸다. 수건을 물에 적셔 심장에 갖다 댔다. 빠르게 뛰는 심장, 그러나 그 어느 때보다 단단한 호흡. 우리는 10미터 위를 향해 나아갔다.

진지하지만 경쾌한 발걸음으로 서로의 마음을 믿으면서 한 발, 한 발 계단을 밟아나갔다. 발바닥에 예민하게 와닿는 계단의 온도가 우리의 다이빙 연기를 기대하게 만들었다. 손목이 비틀리고 수면에 내동댕이쳐서 온몸이 멍들고 트램펄린 줄에 매달려 근육이 뒤틀려도 괴롭기보다 내일을 기대했다. 훈련을 통해 완성된 우리의 연기는 피와 땀은 기본이고 단순한 노력만으로 이뤄낸 결과물이 아니다. 투혼이었다. 수많은 오늘이 쌓여서 만든 소중한 삶이었고 분명 오늘보다 나을 것이라는 내일에 대한 믿음이었다.

　일만 번을 뛰면 새가 되어 하늘로 날아갈지도 모른다던 선배들의 농담이 배경음악처럼 귓가에 맴돌았다. 기창 할아버지가 방수 물감으로 썼다는 부적을 손목에 감아놓은 붕대 안에 밀어 넣고 단단히 여몄다.

　10미터 위의 공기는 달랐다. 두려움과 공포를 이겨내면 저 아래 수면이 나를, 권재훈을 얼마나 포근하게 맞이해 줄지 잘 알고 있다.

　맨발로 플랫폼 바닥을 탁탁, 두어 번 찼다. 고개를 돌려 녀석을 바라보았다.

　'앗, 깜짝이야.'

　권재훈도 나를 보고 있었다. 거울을 보지 않아도 똑똑히 알 수 있었다. 우리는 같은 눈빛으로 서로를 바라보고 있을 것이다. 믿음이다. 우리를 지탱하게 만드는 것은.

　"둘, 셋! Go!"

　점프는 견고했고 두려움도, 추락하는 공포도, 우리에게 복병이 될 수는 없었다. 가슴과 뒷머리를 감싸는 손길은 확신에 차 있었으며 공기를 가르는 몸은 한없이 가벼웠다. 빠르게 추락하는 동안, 세상이 더욱 또렷하게 눈에 들어왔다. 관중석에서 환호하는 사람들 사이로 울고 있는 아빠와 그런 아빠를 외면하며 내 이름을 부르는 엄마, 놀란 얼굴의 구본희, 주먹을

쥐고 눈을 감고 있는 기재 코치……. 그리고 마지막에 내가 본 얼굴은…… 웃고 있는 권재훈이었다.

우리는 완전한, 그리고 완벽한 하나였다.

살려고 하루 반나절을 물에서 보낸 적이 있었다. 물리치료 목적으로 시작한 수영이었는데 어느 틈에 대회를 준비한답시고 스타트대에 올라서서 출발신호에 맞춰 물로 뛰어드는 내 모습에 어처구니가 없어서 웃고 말았다.

스타트대에 올라서서 물 위로 뛰어드는 순간이면 그렉 루가니스를 떠올렸다. 1988년 서울올림픽 때, 나는 다이빙이란 종목에 대해 처음 관심을 갖게 되었다. 3미터 스프링보드와 10미터 플랫폼 경기를 뛰는 루가니스의 다이빙 폼은 예술이었다. 어린 내 눈에도 '저 사람은 뭔가? 신인가?' 싶었다. 수면을 향해 뛰어드는 우아한 동작이 그야말로 환상적이었다. 그 짧은 경기를 보는 내내 긴장감과 아름다움 때문에 숨까지 멈췄던 기억이 있다. 그리고 내 생애 처음이자 마지막으로 누군가의 기사를 스크랩하기 시작했다. 빛바랜 사진 속에 젊은 날의 그렉 루가니스가 흰색 수영복을 입고 다이빙 공중 동작을 하는 모습은 『일만 번의 다이빙』을 쓰는 동안 무원의 모습으로 바뀌었다.

나는 완벽한 아름다움을 위해 스스럼없이 자신을 내던지는 사람들의 땀과 노력, 신념을 나만의 방식으로 응원하기로 했다. 문장과 문장 사이에서 무원이가 새로운 도전 앞에서 움츠러들지 않기를, 은강이가 슬럼프에 빠져 허우적거리는 법이 없기를, 권재훈이 조금은 홀가분해질 수 있기를, 구본희가 이 세상 어디든지 스며드는 것에 겁먹지 않기를 바랐다.

작품을 쓰는 동안, 아이유의 〈Strawberry Moon〉을 하루도 빠짐없이 들었다.

'삶이 어떻게 더 완벽해.'

주문 같은 가사였다. 완벽한 삶을 꿈꾸지도, 완벽한 삶이 어떤 모습인지 궁금하지도 않았으나 이야기 속 주인공들의 하루하루는 완벽했으면 했다. 자신의 꿈을 향해 일만 번 그 이상을 뛰어내리는 열일곱의 미완들, 그들의 용기 있는 비상과 추락이 완벽하지 않다면 세상 그 무엇을 완벽하다고 할 수 있을까.

여름이 오고 있다. 수많은 오늘을 묵묵히 살아가는 무원, 재훈, 은강, 그리고 수많은 우리들에게 저마다의 아름다움을 간직한 완벽한 삶이 슬쩍 다가오기를!

으랏차차, 이송현

일만 번의 다이빙

초판 1쇄 발행 2023년 7월 20일
초판 16쇄 발행 2024년 9월 5일

지은이 이송현
펴낸이 김선식

부사장 김은영
콘텐츠사업본부장 임보윤
책임편집 김정택 **책임마케터** 이고은
콘텐츠사업10팀장 김정택 **콘텐츠사업10팀** 이슬, 이나영, 김유리
마케팅본부장 권장규 **마케팅2팀** 이고은, 배한진, 양지환 **채널2팀** 권오권
미디어홍보본부장 정명찬
브랜드관리팀 오수미, 김은지, 이소영, 서가을 **뉴미디어팀** 김민정, 이지은, 홍수경, 변승주
지식교양팀 이수인, 염아라, 석찬미, 김혜원, 박장미, 박주현
편집관리팀 조세현, 김호주, 백설희 **저작권팀** 이슬, 윤제희
재무관리팀 하미선, 윤이경, 김재경, 임혜정, 이슬기, 김주영, 오지수
인사총무팀 강미숙, 지석배, 김혜진, 황종원
제작관리팀 이소현, 김소영, 김진경, 최완규, 이지우, 박예찬
물류관리팀 김형기, 김선민, 주정훈, 김선진, 한유현, 전태연, 양문현, 이민운
외부스태프 일러스트 개박하 **디자인** withtext

펴낸곳 다산북스 **출판등록** 2005년 12월 23일 제313-2005-00277호
주소 경기도 파주시 회동길 490
전화 02-704-1724 **팩스** 02-703-2219 **이메일** dasanbooks@dasanbooks.com
홈페이지 www.dasan.group **블로그** blog.naver.com/dasan_books
종이 한솔피앤에스 **인쇄** 민언프린텍 **후가공** 평창피앤지 **제본** 다온바인텍

ISBN 979-11-306-7776-7 (43810)

다산북스(DASANBOOKS)는 독자 여러분의 책에 관한 아이디어와 원고 투고를 기쁜 마음으로 기다리고 있습니다.
책 출간을 원하는 아이디어가 있으신 분은 다산북스 홈페이지 '투고 원고'란으로 간단한 개요와 취지, 연락처 등을
보내주세요. 머뭇거리지 말고 문을 두드리세요.

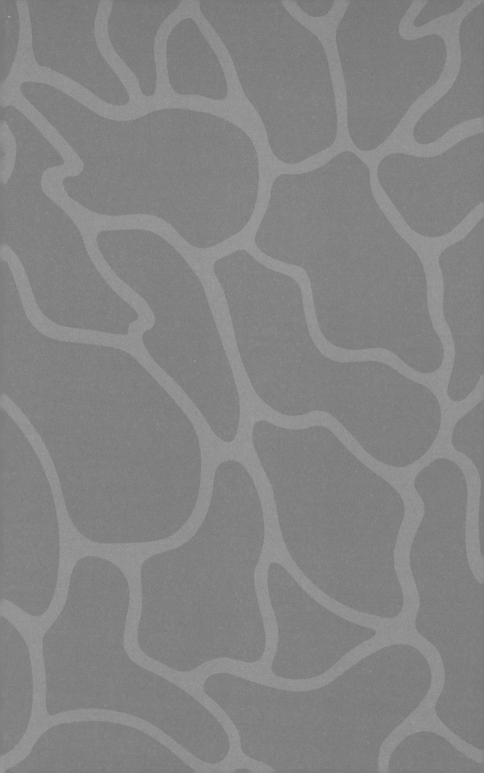